劇場偵探

2.5次元舞台劇事件簿

佐藤友哉
Yuya Sato

輕文學

Light Literature

沒有人發現　被埋沒的我
大家只注視著光芒照亮的你

（安藤裕子／當光芒照亮鄰人）

第一幕
舞台上消失的演員

1

「沒有人能夠勝過我！」

沐浴在燈光下的水口，蘊含著讓觀眾陶醉的效能。就連伸直的手指角度、揮灑的汗水，都像經過計算一般完美。主角無庸置疑是水口，其他演員只是在襯托他而已。

其他夥伴都以著迷的神情注視水口。這群人竟然看著自己在甄選會被刷下來的戲劇而感動。

『本日公演到此已經全部結束。離開時請別忘了……』

隨著廣播的聲音，總彩排宣告結束，我們也離開了會場。外面耀眼的夏季陽光，讓還不習慣光線的眼睛感到刺痛。

「演得真好。今天的水口不是蓋的，太棒了！」

「不愧是擔綱演出主角的實力。說真的，他越演越好了。」

「舞台呈現的感覺也很好。老實說……我一開始還滿擔心的。」

「是水口在帶領整個舞台。這才是主角。」

我無心稱讚水口，便悄悄離開夥伴的圈子。回到吉祥寺時，已經過了下午四點。車站前人潮洶湧，不過轉進巷子裡，喧囂聲頓時消失。

長長的巷子盡頭，就是我要去的屋子。

這是一棟圍牆與樹木環繞的大宅第。

我照例翻過圍牆，打開院子裡別屋的門。

門今天也沒有上鎖。

「是我。我要進去了。」

我依照長年以來的禮貌，在樓梯底下打了招呼，然後上了二樓。

打開拉門，座敷童子（註1）正在看書。

座敷童子的皮膚白皙到令人毛骨悚然，彷彿是做得很精緻的人偶般坐在那裡。

明明是夏天，卻穿著鋪棉的日式棉襖，黑髮長達背部。

身體線條驚人地纖細，嬌小的身軀彷彿一推就會倒下。

座敷童子從書本抬起頭說：

註1：座敷童子是日本傳說中的一種精靈，以孩童的姿態出現在屋內的座敷（即接待客人的榻榻米房間）等場所，據說會為家庭帶來財富。

「嗨，小麥。你看起來心情很差。這也難怪，聽說水口的演技非常棒，在總彩排時充分展現出主角應有的風采。」

「……你怎麼知道？」

「呵呵。這年頭不用到處走動，也能得到情報。」

他笑著讓我看筆記型電腦的畫面，上面有水口站在舞台上的照片，以及「我去看總彩排了~水口弘樹好帥！」的評語。雖然不知道是誰上傳的，但是在情報解禁前上傳照片，根本就是違規行為。

「小麥剛剛去看總彩排，因為看到演出內容……不，應該說是看到水口的演技很精采，所以才會感到不爽吧？我不需要離開這間房間，也能掌握你的私事或喜怒哀樂。」

「喂，鹿間。」

「幹嘛？」

「你還是這麼難搞。」

這個座敷童子是我的小學同學。

因為小小的惡作劇成功而高興的座敷童子鹿間說「你先坐下吧」，邀我坐在不符季節的暖桌前。

「對了，小麥，水口的演技真的那麼好嗎？」

「沒有不好的地方。」

「真難得，小麥竟然會稱讚別人。」

「我不是在稱讚他吧？我不認同水口的演技。那傢伙太像模範生了。他只表演觀眾想要的東西，完全沒有表現出自己的優點。」

「可是這次的舞台是要演漫畫角色吧？演員如果太搶鋒頭，就會破壞原作的印象……」

「別說了，鹿間。我已經聽你說過七萬次，『要尊重原作』。」

「也就是說，小麥是因為把自己的個性溶入演技，所以才會在甄選會被刷下來。」

沒錯。

我又在甄選會落選了。

最近我連舞台都站不上去，只有水口享受聚光燈，只有水口獲得成功。

明明是同屆進這間經紀公司的。

明明都是十八歲。

「對了，小麥，你這次被刷下來的舞台劇標題是什麼？」

「你還要我說出來？是《終極扣殺　舞台版》。」

「對，就是這個。我讀過原作，書中接連出現熱血情節，感覺滿不錯的，尤其是初期的露營篇很精采。這次搬上舞台的，應該是到露營篇為止的內容吧？」

這傢伙竟然全都知道。

鹿間背後有高聳的書櫃，裡面塞滿了大量書籍。

小說、漫畫、文庫本、新書（註2）、二手書、繪本、寫真集、外文書——各種類型的書籍彷彿在主張：怎麼可以讓人看到書櫃就分析出主人的個性。《終極扣殺》的原作漫畫也理所當然地排在架上。

不知道是誰開始稱呼的，有個名詞叫做二·五次元舞台劇。

由真人演員演出漫畫、動畫、遊戲等二次元的娛樂作品……也就是把寶塚歌劇團的表演做得更露骨。一開始，二·五次元舞台劇被當成不入流的把戲，也有因為失敗的服裝和選角變得很像 Cosplay 劇的作品，不過隨著品質提升，逐漸成為受到肯定的新文化。

「對了，小麥，《終極扣殺　舞台版》的票賣得好嗎？這是第一次搬上舞台吧？」

「託大家的福，聽說賣得非常好。」

「仔細想想，你在甄選會被刷下來真的很可惜。小麥，你到底要一再落選到什麼時候？別跟我說你還沒拿出實力。」

「我才想問自己為什麼會落選這麼多次。我的演技明明不差……」

「不是演技，應該是態度的問題吧？你太憤世嫉俗了。」

「憤世嫉俗？」

「應該學學我才對。你看——」

「我喜愛所有的故事。」

鹿間以自豪的表情仰望背後的書櫃。

我一邊羨慕友人這樣的感性，一邊也感覺到我們的立場不同。

鹿間只是消費者，而我是演員。

我無法以同樣的態度接觸故事。

除此之外，我還是會有自己的個人喜好。我不打算到現在還主張「動畫即阿宅」的公式，也知道有許多觀眾喜愛二．五次元舞台劇，但總是會有感覺冷掉的瞬間。

「順便問一下，小麥，你喜歡哪種類型的戲劇？」

「沒特別偏好……都喜歡。」

註2：尺寸約為173×105mm的狹長型口袋書。

「話劇呢?」
「還不錯。」
「音樂劇呢?」
「還不錯。」
「歌舞伎呢?」
「還不錯。」
「SUPER 歌舞伎(註3)呢?」
「很難說。」
「明明也是歌舞伎,為什麼很難說?」
「可是那是新類型吧?」
「第一齣《日本武尊》首演是一九八六年,已經是三十年前了。而且如果認同歌舞伎,應該也要認同從歌舞伎衍生的 SUPER 歌舞伎吧?即使上演的是超有名的漫畫也一樣。」
「對了,就是這個理由。我完全不排斥歌舞伎,可是如果是 SUPER 歌舞伎或是漫畫原作的戲劇,就會覺得有點彆扭,沒辦法正面評價。」
「小麥,你不只憤世嫉俗,還是個權威主義者。」
「我沒有惡劣到那種地步。」

「那你認同《元祿忠臣藏》、《春興鏡獅子》嗎？」

「這些也是歌舞伎的劇目吧？」

「不過這些劇目是明治時期以後創作的，稱作新歌舞伎。在幕藩體制崩壞之後，外部劇作家提供作品的情況越來越多，而不是像以前那樣由專屬劇作家來寫。至於在二戰後創作的，則稱作『新作歌舞伎』來加以區別……」

「等等，你在說什麼？」

「我在說的是，文化是會更新的。不論創作者和觀賞者如何排拒，文化都會前進。你聽過印象派吧？這個名詞原本是不習慣莫內、畢沙羅等人畫風的保守派創造的，用意是要揶揄他們，一開始帶有否定的意味。」

「學校沒教過。」

「在學校學不到任何東西。」

「所以你才變成繭居族？」

「你說呢？」

鹿間露出微笑。

註3：SUPER歌舞伎是第三代市川猿之助開創的現代風格歌舞伎，始於一九八六年的《日本武尊》。

這傢伙從小學就拒絕上學，到了高中就變成澈底的繭居族，成了在自家別屋生活的座敷童子。我不知道其中的理由。

即便如此，在這裡靜靜讀書的鹿間，看起來非常幸福。

2

次日我還是去觀賞公演了，連自己都覺得很講道義。

我出示相關人員用的通行證進入大廳，看到有許多記者和攝影師在場。

在我執拗的要求下，經紀人三上先生答應讓我旁觀公演前的記者會。

「接下來就要開始舉行《終極扣殺　舞台版》的記者會。各位演員請出場。」

隨著主持人的聲音，七名主要成員走入會場。

所有人都穿著桌球社的隊服，戴上假髮並畫了舞台妝。

把原本非現實的二次元角色，變化為實際存在的人物。

此刻在這裡的，不僅是活生生的人類，同時也是從漫畫世界走出來的角色。重現不存在的人物，在舞台上演出——雖然存在著種種矛盾，不過這就是我身處的業界。

事先準備的台上站了七個人。

站在中心的是主角水口。

「我是飾演玉野井譽的水口弘樹。請各位今天多多指教。」

然而戴著假髮、臉上撲粉隱藏膚色、穿著紅白兩色隊服致意的這個人，已經不是水口，而是這部作品的主角玉野井譽。

二．五次元舞台劇演員首先被要求的，就是與角色同化。我們是將二次元角色的各種資訊帶到三次元世界的媒介。戴上和原作相同的髮型、穿上和原作相同的服裝、做出和原作相同的動作……雖然不可能完全複製，但仍舊要盡可能拉近距離，避免讓觀眾大失所望，覺得「和原本想像的不一樣」。就這方面來看，水口的重現度非常完美。

「我……我是飾演小宮右之助的柳孝司，請多多指教！」

柳孝司也和我同屆，年齡同樣是十八歲。這是他第一次參與舞台演出。臉色之所以蒼白，應該不是因為化妝。他看起來非常緊張，但眼中綻放著喜悅的光芒。他飾演的小宮右之助在這次的露營篇扮演重要的角色，受到準主角級的對待。

當我拜託說想要看記者會時，三上先生勸告我：「阿麥，去看記者會只會讓你感到空虛而已。」他與其說是以經紀人身分，不如說是以大人的角度給我忠告。三上先生說得沒錯。混入媒體人士當中觀望閃耀的演員，就會開始懷疑自己到底是什麼人。

3

公演正式開始。

演員在舞台上建構世界。

「走吧！我們涼彈高中桌球社，不會在這種地方被打趴！」

比任何人更加閃耀的，仍然是水口。

與年齡或經驗無關，只憑著才華站在舞台中央。

他的表現已經可以稱得上是暴力。其他演員光是配合水口，感覺就快跟不上了。像這樣把共同演出的演員耍得團團轉的演技，一般來說會破壞整齣戲，不過只要有跟不上自己速度的演員，水口就會放慢步調。他的平衡拿捏得太巧妙了。剛認識時那種令人起雞皮疙瘩的特質依舊健在。

故事繼續發展，即將迎接高潮。

變暗的舞台上，負責大道具的工作人員迅速搭建舞台裝置。

這是高達天花板的巨大帳棚。

從這裡就輪到柳發揮。

因為小宮右之助的失誤，導致社團在淘汰賽敗北。他到山中閉關修練，和玉野井譽較量實力，藉此讓涼彈高中桌球社團結一致，迎接下一場比賽來臨——這就是《終極扣殺　舞台版》的高潮。

「唔哦哦哦哦哦！太沒用了！可惡，我一定要變強。在變強之前，我絕對不下山！」

當舞台燈光亮起，柳從側舞台飛奔出來。

柳在巨大帳棚前方跑來跑去，獨自一人建構作品世界。觀眾也被柳投射出來的世界觀吸引，沒有冷掉的氣氛。

沒錯，二．五次元舞台劇有個獨特的陷阱，就是「冷場」。

譬如在古典戲劇中，即使日本演員以日語說「朕就是理查三世」，演員和觀眾之間也有視之為理所當然的「默契」，因此不會感到奇怪。另一方面，二．五次元舞台劇卻必須將不存在的二次元角色演繹成真實人物，相較於由日本人飾演外國人，難易度的層次不同。

雖然說是二次元的人物，觀眾卻熟知這個角色，知道這個人物喜歡什麼、討厭什麼，以及這個人物的說話方式與動作。只要稍有偏差，觀眾就會立刻冷掉。

「我不是這點程度的男人！我要變強。我一定一定要變強。我會變強。我一定一定會變強。等著看吧！我絕對會變強給你們看！」

柳演得很好。他確實演活了小宮右之助這個角色。

「小宮，你的修練得到成果了嗎？」

「搞什麼啦，小宮！你要露營到什麼時候？」

「我想你肚子應該餓了，特地替你送便當來！」

「呵呵呵呵，小宮同學，你還是這麼熱血。呵呵呵呵。」

「小宮……快點回來吧。你的父母親也在擔心。」

「哼。還在做無謂的掙扎……」

隨著這些台詞登場的，是涼彈高中桌球社的成員。他們是上山來看小宮右之助的狀況。

小宮右之助發現他們，首先槓上玉野井譽：「喂，你是來妨礙我的嗎？」小宮右之助直到國中都沒有輸過，卻因為遇見玉野井譽這個超級天才，而單方面視他為競爭對手。

「這個帳棚是小宮搭的嗎？露營好像滿有趣的嘛。」

「玉野井，你不要小看我！我是來這裡修練的！」

「露營的修練？」

「當然是桌球修練！你不要一派輕鬆的樣子。隊上的王牌是我！」

「王牌是我。」

「見識過我的新招之後，你還敢說同樣的話嗎？」

隨著對話中的火藥味增強，背景音樂的音量也提高了。咚、咚、咚、咚的四拍節奏，暗示著兩人的心跳。玉野井譽和小宮右之助互相瞪著彼此，當音樂的緊張程度達到顛峰，就開始出現浮誇的光雕投影。影像投射在舞台後方的螢幕上。在此同時，水口和柳以外的演員無聲地離開，移動到舞台左右。

最後一幕。

從這裡開始，就是只有水口和柳兩人的世界。

「玉野井，看看我修練的成果吧！」

「小宮，我會拭目以待。」

「看招！特級小宮，爆・誕！」

柳跳入巨大帳棚，沒有幾秒又出現，穿著象徵火焰的鮮紅色服裝。這是「快速變身」的技法，全紅的隊服代表火焰（在原作中，變成特級小宮的時候總是會燃燒）。柳來到水口面前，高喊：「來一決勝負吧！」以此為信號展開對決。然而這裡並沒有球桌。二・五次元舞台劇演出運動題材時，除了手上拿的道具之外，不太使用小道具。不論是網球或排球，基本上都不會拉起網子，自行車比賽也只拿把手，剩下的幾乎都由燈光與舞台呈現方式來解決。

《終極扣殺 舞台版》也一樣，光雕投影會配合手持球拍的演員動作，投射出立體影像，呈現比賽過程。在激烈的擊球往來之後，首先得分的是玉野井譽。小宮右之助好似被吹走一般倒下。

「小宮，這樣就結束了嗎？」

「別擔心，好戲接下來才開始。」

沒錯，接下來就是柳最重要的表現場面。他會再度進入帳棚裡迅速變身，然後巨大帳棚會以鋼絲吊起來，當作是被小宮右之助噴出的力量掀到空中。化身為「超特級小宮」的小宮右之助終於從玉野井譽手中得分——情節應該是這樣。

「超特級小宮，爆．誕！」

柳進入巨大帳棚。

背景音樂持續播放，燈光消失，舞台變暗。

整個會場籠罩在黑暗中。

習慣燈光亮度的觀眾視野變成零，什麼都看不到。這段時間的用意除了為接下來的場景營造效果，也是為了裝上拉起巨大帳棚的鋼絲。黑暗只維持十五秒。在這十五秒內，舞台上的演員會替帳棚裝上鋼絲。

十五秒後。

燈光突然亮起來。

巨大帳棚裝上了三根鋼絲，繃得很緊。

這項工程看來毫無問題地完成了。

「好了，小宮，從帳棚出來吧。讓我看看你真正的力量。」

隨著水口的台詞，背景音樂停止，鋼絲被迅速捲起來，一口氣把巨大帳棚往上拉。

然而柳卻不在帳棚裡。

4

「咦？」

我不禁發出聲音。

昨天的總彩排並沒有這樣的劇情。

這是怎麼回事？為什麼柳不在那裡？劇本改過了嗎？但這麼一來，就無法理解相關人員座位為什麼會騷動了。不論怎麼想，應該都是發生了狀況。站在舞台上的演員雖然沒有表現在臉上，卻明顯感到不知所措。這也難怪，畢竟柳突然消失了。
進入巨大帳棚裡的柳究竟消失到何方？
他跟帳棚一起被拉上去了嗎？
還是移動到舞台外面了？
兩者都不太可能。即使是在黑暗中，帳棚裡面很寬敞，又練習過很多次，不可能會被捲進去；而且在正式演出中，柳不可能會離開舞台。
我無法理解。
柳究竟去哪裡了？更重要的是，該怎麼辦？
飾演小宮右之助的柳不見了，接下來要如何演下去……
「原來如此，這就是小宮的招數。」
首先採取行動的是水口。
這是劇本裡沒有的台詞。即便如此，水口仍舊說得彷彿一開始就是這樣的情節，將眾人的注意力轉移到自己身上。水口確認觀眾的視線都集中在自己身上之後便說：「學長們，小宮現在隱身了。」
「隱身了？這是怎麼回事……」
其中一名演員這樣問，聽起來不像是即興演出，而是脫口而出的真心話。

「也就是說，這正是他的招數。雖然還看不出原理，不過很值得期待。就連我也沒有和隱形人比賽過。」

水口朝著觀眾舉起球拍。與其說是擺姿勢，不如說是在向音控間打暗號。不久之後背景音樂響起，光雕投影的影像動了起來。

他要怎麼做？

少了柳，要如何對決？

答案很簡單。

「嘿！」

水口在舞台上奔跑。

他全力衝刺、蹦蹦跳跳、手舞足蹈，獨自一人展開比賽。

如果只是這樣，就會成為貧弱的獨角戲，不過還有光雕投影。背景影像搭配水口，看起來或許有點像在和成為隱形人的小宮右之助比賽……不，真的就像這樣。由於水口的演技精湛，因此看起來就好像玉野井譽和隱形人小宮右之助在比賽。應該沒有人會以為這是即興演出。知道原作情節的觀眾一開始似乎呆住了，但接著就因為水口投入的演出而熱血沸騰，全神貫注地觀賞。

至於我則目瞪口呆。

就如一流的魔術師將助手的失誤當成演出的一部分，水口不僅化解了危機，還將危機轉換為讓自己閃耀的材料。

這場獨角戲完全沒有不自然的地方。今天是《終極扣殺　舞台版》的首日公演，因此一般觀眾都不知道劇本內容。所有人大概都以為這是舞台劇自創的情節。水口太厲害了。明明發生了演員消失的意外，卻不讓觀眾發現，獨自一人撐過這場戲。

天才。

水口弘樹是天才。

「沒有人能夠勝過我！」

聚光燈照亮的水口高喊。

整齣戲到此結束。

謝幕時柳仍舊沒有出現，讓我有些在意，不過他既然變成隱形人，後來沒有出現也可以看成是演出的一部分。觀眾熱情鼓掌。這是代表非常滿意的掌聲。

我離開會場。我想要知道柳出了什麼事，也想要知道明天之後要怎麼辦，卻沒有機會去詢問。我隨著觀眾離開大廳。沒有人發現到我。沒有人察覺到我在這裡。這是很正常的。沒站在舞台上，就不能稱作演員。我和一般人沒有兩樣。只有水口在發光，而我只是停滯不前。

5

「讓演員從舞台上消失的方法？」

鹿間從書本抬起頭。

在首演的兩天後，我來到別屋找鹿間。他在夏天還窩在暖桌裡，穿著不符季節的日式棉襖，身上卻沒有流一滴汗。如果去參加耐熱大賽，他一定會得冠軍吧。

「你不是對舞台很熟嗎？知不知道這類情況？」

「人體消失術屬於魔術的範疇。」

「也對啦。」

「小麥，你聽過『消耗物』這個詞嗎？」

「你是指小道具類的舞台用語吧？」

「沒錯。舞台小道具當中，用過一次就會消失的，稱作消耗物。比如說香菸和蠟燭，就屬於消耗物。順帶一提，把服裝燒掉弄不見，稱作『焚捨』。」

「會使用在人體嗎？」

「不可能，演員又不是消耗物。不過歌舞伎有很多使用機關的劇目，畢竟歌舞伎的魅力之一就是『外連』。」

「外連？」

我反問，鹿間便闔上書開始說明。

「就是透過特技表演取悅觀眾的手法，代表性的有空中特技、快速變身、瞬間變裝、抽線變裝等等。」

「快速變身的話我也知道。原來那是源自歌舞伎的技法呀。」

「在《東海道四谷怪談》這齣戲當中，女主角阿岩的鬼魂從佛壇出現，把惡棍秋山長兵衛拉進佛壇裡消失不見。這種『外連』稱作『佛壇返』，是在佛壇裡設置類似水車的機關，轉動之後達成的效果。另外在《義經千本櫻》裡面，小狐狸化身的狐忠信在空中起舞，就是利用現代所謂的吊鋼絲。這種技法竟然在元祿時代就已經發明……」

「我知道了。我知道了，所以別說了。」

「是你問起的吧？」

「我想知道的是人體消失之類的技法。」

「我就說那是魔術了。要進行大規模的外連，就要有大規模的舞台。如果有升降舞台或舞台地板活門，那又另當別論。」

這些都是歌舞伎用語，不過現在也成為一般的舞台用語。升降舞台是挖空舞台的一部分，利用設置在那裡的升降機讓演員或大道具上下移動的裝置；舞台地板活門則是指舞台地板下方的部分，用來放置驅動升降舞台的裝置，或作為演員移動用的地下通道。

「那些方法是不可能的。《終極扣殺　舞台版》公演會場既沒有升降舞台，也沒有舞台地板活門，只有平面的舞台而已。」

「小麥……我只有網路上得到的消息，而且情報錯綜複雜、真假不明，不過聽說公演中有演員消失了，是真的嗎？」

在舞台上消失的柳至今下落不明。

公演結束後就立即展開搜索，但劇場內外都找不到柳的身影，他也沒有回應電話或郵件。由於擔心他被捲入案件，因此便報了警。目前雖然沒有公開，不過已經作為失蹤案件來處理。

雖然勉強沒有停止公演，但是第二天開始的演出內容和首日不同，飾演小宮右之助的是柳的替代演員，再加上劇場周邊有警察徘徊，因此情報似乎已經走漏了。事實上，如果柳持續失蹤，甚至有可能會變成公開搜查。眼前的狀況可不是開玩笑的。

「跟我同屆的柳失蹤了。你應該也知道，事情很不妙。所以我才來找你商量……」

「交給警察處理就行了。」

「可是你也會在意吧？」

「你是指那個——是姓柳嗎？那個人從舞台上消失的方式？」

「這點我也很在意，不過我最在意的是犯人。」

「犯人啊……」

鹿間的表情變得有些難以捉摸。

「柳又不可能自己消失，所以一定有犯人把他帶走了吧？」

「你認為這個犯人就在演員當中嗎？」

「……」

我無法回答。

如果真的有犯人，就意味著這個人物可以不被懷疑地接近柳，那麼犯人應該就在和他一起演出的演員……尤其是柳消失時在舞台上的六人當中。

我為了敷衍便隨便說道：

「不一定，犯人也可能是從外面來的，也許躲在帳棚裡。啊，對了，搭建帳棚的時候，大道具的工作人員會進出變暗的舞台。一定是混入那裡面……」

「帳棚有多大？」

「我不知道正確的尺寸，大概是半徑兩公尺左右的圓錐體吧。有點像巨無霸的三角錐。」

「哦，那滿大的。」

「材質應該是……聚酯纖維吧。這點我也不太清楚，不過表面滿光滑的。前面有開口，作為出入口。還有，我聽說帳棚沒有被動過手腳，上面沒有被剪破或割破的痕跡。也就是說，把柳帶出帳棚的時候，只能使用唯一的出入口。」

「柳被帶出帳棚之後，你說的那個犯人要怎麼把他搬到外面？」

「側舞台有很多人，所以大概是鑽過螢幕底下，從後台帶出去的吧？我事後也聽說，當時後台好像沒人。」

「舞台變暗的時間是幾秒？」

「十五秒。」

「你說的那個犯人在變暗的十五秒當中，神不知鬼不覺地把柳從帳棚帶到後台？而且在那之後，還把他帶到會場外面，沒有被任何人發現？」

「聽起來的確不太可能……」

「我想要再問一件事，他們有使用麥克風吧？」

如果是能劇和歌舞伎之類的古典戲劇或小劇場，還有可能不用麥克風，不過在講究大舞台和大音量的二・五次元舞台劇，都會使用無線的耳機式麥克風。

「我實在沒辦法習慣那個麥克風。聲音感覺怪怪的，戴起來也不舒服。」

「最早在日本使用麥克風的是寶塚劇團，在一九三四年的公演使用。」

「這樣啊。」

「當時是從側舞台拉出延長線，到了五〇年代就變成無線麥克風。話說回來，當時還沒有像你們使用的那麼輕的麥克風。耳麥變成常用工具，在戲劇史當中是非常晚近的事情。」

我一邊佩服任何事物都是寶塚最早開始，一邊也驚訝於鹿間的知識量。

找他談果然是正確的。

我一邊摸索記憶一邊說：

「這次的舞台劇應該所有人都有戴耳麥。就是把電池藏在背後、麥克風戴在臉頰的那種。」

「柳也是嗎？」

「那當然……啊，麥克風的聲音。」

「柳如果是被犯人綁走的，應該會聽到聲音。他不可能毫無抵抗。」

「當時沒有聽到聲音。」

會場中一直播放著背景音樂，不過如果帳棚裡面發生異狀，柳應該會喊出來，而麥克風也會捕捉到他的聲音。就算被犯人取下麥克風，應該也會聽到取下的聲音。可是當時沒有聽到不自然的聲音。難道是柳沒辦法發出聲音？比方說被下安眠藥，或是被遮住嘴巴……該不會是被殺了吧？

「嗯～感覺還欠缺臨門一腳。還是交給警察來處理吧。」

鹿間從棉襖上方抓了抓肩膀，聲音聽起來好像很想睡。

「鹿間，你還不要睡。有沒有想到什麼？」

「就算想到，如果沒有足以支持的證據就沒意義了。至少要有證詞……啊，對了，小麥，你可不可以去問問在舞台上演出的演員？」

「我去問？」

「我是繭居族，所以沒辦法去問。」

「這有什麼好得意的？」

「可以自由行動的只有你，執著這起事件的也只有你，當然應該由你去問。不願意的話，等警察搜查就行了。哈啊～我想睡了，可以先睡一下嗎？」

6

就這樣，次日是調查的日子。

「真會惹麻煩！」

陣內和猿橋在生氣。兩人在咖啡廳點了同樣的冰咖啡，同樣地一口氣喝完。這兩人從以前就很像，最近更像雙胞胎一般非常有默契，不久之後搞不好就會同時打噴嚏吧。

陣內抱怨：「警察雖然沒有明說，不過這是綁架吧？搞什麼嘛！竟然在演出的時候綁架，真是莫名其妙。要綁架應該在外面綁架。」

猿橋也點頭說：「對呀。真搞不懂為什麼要特地選在舞台上綁架。」

我也贊同這個意見。

這就像在看推理劇的時候，會覺得：「與其計畫這麼複雜的殺人事件，不如在夜路上攻擊，比較不會被發現吧？」

這次的事件也是如此。我一直感到疑惑：與其在那麼醒目的地方下手，不如趁黑夜偷偷把柳綁走，一定會比較順利，自己被懷疑的可能性也會少很多。

「很抱歉在公演期間占用你們的時間。首先想要請問兩位，犯人有沒有可能躲在帳棚裡面？」

這是鹿間要我確認的事項之一。

「不可能。帳棚是由四名大道具工作人員搭建的。我看到四人同時上台搭帳棚，然後一起退到側舞台。帳棚裡面只有柳一個人。」

陣內很明確地作證。

「不過舞台當時處於黑暗的狀態。犯人如果趁黑從後台上去，偷偷躲在帳棚裡面，也許就不會被看到了。」

「就算是那樣，犯人要怎麼把柳從帳棚裡面帶走？當時我們也在舞台上，帳棚又只有一個出入口。如果有人把他硬從那裡帶出來，就算在黑暗中，也會察覺到聲音和動靜才對。」

「有沒有可能犯人和柳都待在帳棚裡？他們也許在帳棚裡直接一起被拉上去。」

「快速變身時的服裝的確跟帳棚一起被拉上去了，可是帳棚直到整齣戲結束都不會收回來，所以犯人和柳不太可能一起上去。一直吊在半空中，對犯人來說很危險吧？」

「也對……話說回來，柳為什麼會從舞台上被帶走？」

「我怎麼知道！反正應該有某種理由吧。如果沒有理由，為什麼不在外面綁走他，而要選在舞台上？」

「對了，會不會是因為犯人只有在舞台上才會接觸到柳？」

猿橋說道。

「要說只有在舞台上接觸到柳，我們不也是一樣？我沒聽說過誰跟柳特別要好……而且只要打電話把他叫出來就行了吧？」

「打電話會被發現。就算刪除記錄，好像也會在通訊公司留下資料。」

「就算是這樣，也不會選在舞台上綁架吧？」

「呃，抱歉，請問你們有沒有想到，誰可能會綁走柳？」

我從旁插嘴，兩人便同時回答「沒有」。

姑且不論是好是壞，柳這個人並不起眼。

他總是避免出鋒頭，態度有些自卑，只是默默地聽大家說話。

我沒有聽過誰私下和柳出遊，我自己也沒跟他出遊過。

光從表面上來看，柳這個人應該不會被任何人羨慕，也沒有人會怨恨他。

到最後，連一個假說都想不出來。

我離開兩人，接著去找入井。

入井和柳比較要好（雖然也只是相對而言）。我原本期待入井可以告訴我有關柳更詳細的情報，事情卻沒那麼簡單。

「我不知道他的狀況，也沒什麼可以告訴你的。」

他的態度很冷淡。

「你不擔心柳嗎？還是說他有跟你聯絡？」

我試探性地問他。

「怎麼可能會有！如果他跟我聯絡，我就要去找他，然後痛揍他一頓。」

「為什麼要揍他？」

「為什麼？他搞砸了整齣戲，當然要揍他。」

「沒有搞砸吧？水口撐住了。」

「雖然是這樣……可是你沒有站在舞台上，所以不知道，不論水口有沒有撐住、最後結果順不順利，這些都不重要。柳破壞了舞台依舊是不變的事實。」

「為什麼要這麼說？說到破壞，柳遭受的破壞比誰都要嚴重吧？他好不容易首度登上舞台，難得有發揮的地方，結果卻變成這樣……」

「這種事不重要！」

入井發出暴躁的聲音，接著短促地吐了一口氣讓自己鎮定，又說：「喂，小麥，你可以不要覺得我很過分地聽我說嗎？」

「我努力試試看。你要說什麼？」

「假設你有很重要的事去搭電車，卻遇到跳軌自殺的人，因而造成電車時間延遲，不論有任何理由，都會對自殺的傢伙感到不耐煩吧？」

「我只能說，我可以了解這種心情。」

「柳的事件也是一樣。我辛辛苦苦努力要展現自己，卻因為那傢伙被捲入事件，一切都毀了。小麥，你有來看首日的公演吧？」

「嗯。」

「我演得……不錯吧？」

「嗯，是啊。」

「那天我演得很順利，台詞沒有唸錯，動作也很準確，可是第二天之後，不知道為什麼就是不順利，感覺原本的『型』崩壞了，總之就不是百分之百的演技。」

入井以焦躁的口吻說話，眼神中帶著讓人看了都難過的情感。

首日公演可說都是水口個人在發揮。其他演員站在沒有腳本的舞台上，全都亂了方寸。遇到那樣的情況，想必會影響到第二天以後的表現。入井會對柳感到憤怒，或許也是很自然的。

「可是也不能完全歸罪給柳吧？」

「如果找到犯人，我就會完全歸罪給那傢伙，也會真的去揍那傢伙。」

看來大概是沒辦法詢問細節了。我向入井道別，又打電話給其他三名演員。我無法聯絡到谷崎，而水口雖然接了電話，卻說要連續接受雜誌採訪，因此無法撥出時間。

我以消沉的心情結束通話，去見最後一人——久川。

7

「我啊……好像被警察懷疑了。」

久川是跟我同一間經紀公司的前輩，年齡比其他演出者高出許多，已經二十九歲。他身為演員的知名度不高，而且雖然這麼說很抱歉，他沒什麼才華。不過也因為如此，他很受後輩喜愛。先到咖啡廳等我的久川雖然面色蒼白，卻露出體貼的笑容。久川這樣的特質受到大家喜愛。

「真是受不了，還被叫去問話。」

「為什麼是你會被懷疑？」

「聽說是因為我不負責鋼絲。」

我想起鹿間要我確認的事項。

他要我去調查，在拉起鋼絲準備吊起巨大帳棚時，哪一個人負責什麼職責。

我問過久川之後得知，負責裝上鋼絲的是水口、谷崎和入井。水口在舞台中央、谷崎和入井在左側待機，當燈光變暗，就要在十五秒內把降下來的鋼絲勾在巨大帳棚上，結束工作後回到原本的位置。

「在這段時間，你們在做什麼？」

「什麼都沒做，只是等燈光變暗的時間結束。我、陣內還有猿橋一直都站在舞台右側。」

「排列順序是什麼樣子？」

「唔，從舞台前方往後，依序是猿橋、陣內和我。小麥，你問的問題跟警察一樣。」

「燈光熄滅的十五秒內，不負責鋼絲的三個人都能自由活動。在這當中，你位於比其他人更接近後台的位置。」

「的確是這樣，可是就算離後台很近，也不可能辦到吧？」

他說得沒錯。我一邊說明也一邊開始覺得那又如何。不論是站在哪裡，終究必須把柳從帳棚裡面拖出來，帶到舞台之外，而十五秒的限制依舊不變。警察應該也知道這一點，那麼為什麼只有久川會被問話？

「老實說，我有動機。」

久川說出意想不到的話。

「動機？真的？」

「我有借錢給柳。四十萬。」

這是一筆滿大的錢。

我不知道該說什麼才好。

「柳的家境不是很好，學費之類的都必須由柳自己來負擔。」

「我都不知道這種事。」

「他本人應該沒有打算要隱瞞，不過也沒有必要把這種事情特地告訴大家。啊，對了，經紀公司的高層都知道。」

「你也知道這件事？」

「我是碰巧知道的。後來我就常請他吃飯，聽他訴苦。柳跟我不一樣，既年輕又有才華，讓人很想幫他。遇到貧苦學生，就會想要幫忙吧？」

「所以你就借錢給他？」

「嗯，大概是半年前吧，分成兩次。我自己是不介意這筆錢有沒有還，不過警察並不這麼想。他們似乎很喜歡金錢糾紛這樣的話題。」

「我可以問個有點奇怪的問題嗎？柳會不會也向其他人借錢？」

「我沒有聽說，不過也許借過吧。柳為了更新租屋契約，需要一筆滿大的金額。」

住在老家的我不太能理解，不過在沒錢的時候要支付更新租屋契約的費用，想必很辛苦吧……我想到這裡，立刻把自己拉回現實。我到底在幹什麼？為什麼要刺探柳的私生活？

我為了逃避自我厭惡的情緒便問：

「那個，這樣不要緊嗎？」

「你是說柳嗎？我也不知道。他現在不知道怎麼了……」

「不是，我是指你。被警察懷疑，不要緊嗎？」

「當然了，我又不是犯人。不過要是被逮捕，我已經成年，所以名字會被公布出來。因為這種事出名也滿困擾的。哈哈哈。」

久川聳聳肩膀。

但是我完全笑不出來。

8

我夢見自己發現吊死的屍體，拚命伸出手卻無法搆到，不久之後吊死的屍體開始不停旋轉。從這場糟糕透頂的惡夢驚醒之後，我流了一身虛汗。

我用手摸臉，發現溼溼的。

眼淚。

我想起現在是夏天。

到了夏天，我就會做這個惡夢。

我無法再次入睡，便到客廳喝冷水。柳現在不知道在做什麼。會不會已經死了？因為剛做惡夢，我不禁想到這種念頭。我鑽到被窩裡，但仍舊無法入眠，就這樣迎接早上。

淋浴之後，我草草結束早餐，接著去找鹿間。

到了大宅第，我翻過圍牆，前往鹿間居住的別屋。

「是我。我要進去囉。」

我照例打了招呼之後爬上樓梯。

打開拉門，看到鹿間縮著身體坐著。他似乎剛起床，表情有些呆滯。這樣看起來，與其說是座敷童子，反倒比較像是心懷怨念死去的幽靈，讓我感到有些擔心。

「哈啊～早安，小麥。你來得真早。」

「不早，已經九點了。」

「怎麼了？像幽靈一樣站在那裡，真沒精神。」

「幽靈是你吧？」

我邊回嘴邊到暖桌前坐下，鹿間便端茶給我。或許是因為泡了很多次，味道非常淡。

我不理會想睡的鹿間一再打呵欠，自顧自地說出調查結果。在這段期間，鹿間一直操作著筆記型電腦。

「鹿間，你有在聽我說話嗎？」

「我在聽。就算在繫領帶，也聽得到太太碎碎唸吧？還有啊，我現在正在進行每天早上的例行公事。」

「早上的例行公事？」

「網路漫遊。」

「這個詞已經過時了。」

「咦？真的？」

鹿間露出驚愕的表情。

「喂，鹿間，你最好到外面走走。你跟社會脫節太多了。到現在還沒有手機……」

「你不用管我。還有，關於你的調查，我並不想知道柳的家庭狀況。」

「原來你都聽進去了。」

「我剛才都說我在聽了。我肯定你的努力，不過，可以請你不要告訴我那些多餘的事情嗎？」

「有可能跟事件有關吧？」

「小麥，你想知道的是柳『消失之謎』吧？要解決這個謎團，為什麼需要去掌握柳的家庭狀況？難道說如果柳是有錢人的兒子，犯罪內容就會不一樣嗎？」

「可是久川前輩因為借錢給柳，就被警方懷疑了。」

「那件事跟『消失之謎』沒有關係。」

「你怎麼能斷定……咦？難道你已經知道犯人是誰了？」

「與其說犯人，嗯，這個嘛……」

鹿間用想睡的聲音說話。

「我大概知道事情全貌了。」

「是誰？犯人到底是怎麼帶走柳的？」

「你別急嘛。」

「快點告訴我，犯人是誰？」

「沒有犯人。」

「沒有？」

「看來小麥太遵守『定式』（註4）了。」

「難道你覺得超出常識的推理比較好嗎？犯人用的詭計有那麼奇特嗎？」

「不是『常識』，是『沏茶』的定式。」

「……你在講茶道嗎？」

我不了解他的意思。

鹿間露出苦笑說：「不是啦。寫成『定型的公式』，稱作『定式』。」

我還是無法理解。

「小麥，你知道歌舞伎的帷幕是什麼樣子嗎？」

「那當然。黑色、綠色、還有偏黃的顏色。」

我之所以會知道，是因為在茶泡飯的包裝上看過，不過我沒有說出來。

「沒錯。除了部分例外，歌舞伎的帷幕從舞台右邊依序是『茶、黑、綠』的顏色，取頭文字就稱作『沏茶』（註5）。歌舞伎有很多規則，這些規則就叫做『定式』。順帶一提，這樣的帷幕稱為定式幕。」

「你說的這些跟事件有關嗎？」

「就是因為有關，我才會提起。」

「真的嗎……」

「小麥，你知道江戶以前有幾間歌舞伎的劇場嗎？」

「這個我就不知道了。二十間左右嗎？」

「中村座、市村座、森田座，合稱江戶三座——只有這三間而已。」

「沒想到那麼少。」

「因為幕府沒有許可。能夠使用剛剛提到的定式幕的，也只有這三間。」

「等等，可是我在時代劇裡看過，街上到處都有歌舞伎小屋。」

「我的意思是，幕府核准的只有這三間，其他的劇場稱作小劇場，存在本身並沒有受到禁止。幕府的方針就是『可以存在，但是如果太多就傷腦筋了』。你也知道，就跟那個一樣。」

「你說那個是哪個？」

「就是那個嘛！」

怎麼搞的？原本振振有辭的鹿間突然變得扭捏，一下子把手放在頭上，一下子又隔著棉襖抓背。

註４：「定式」與常識同音，有「既定做法」的意思。

註５：「茶（cha）黑（kuro）綠（midori）」，各取第一個音節，即「茶汲み（chakumi）」。日本永谷園的茶泡飯包裝袋使用了定式幕的圖樣。

「你光說『那個』我怎麼知道？到底是跟什麼一樣？」

「就是吉……吉原。」

說到這個詞，鹿間的臉頰突然漲紅，雙手遮住臉。他這副少女般的反應讓我傻眼。

「歌舞伎的上演，跟賣、賣賣賣賣春營業，都需要幕府的許許許可。」

他結結巴巴地說道。

「鹿間，冷靜點。」

「等、等我八秒鐘。」

鹿間仰頭把茶喝光，然後過了怎麼算都有三十秒的時間之後才說：

「呃，幕府公認的賣春設施只有吉原，不過在江戶有稱作『岡場所』的地方，賣春組織在那裡明目張膽地公然經營。江戶時代並沒有認為賣春不好的規定與道德。歌舞伎和賣春，在幕府眼中都是一樣的。」

「你回來了。」

「啊？」

「很高興看到你冷靜下來了。」

「……順帶一提，江戶三座的定式幕是橫向拉開的幕，小劇場使用的則是上下移動的布幕，稱為『緞帳』。『緞帳演員』這個詞，最早就是歌舞伎演員對小劇場演員的蔑稱。江戶三座和緞帳劇場的格調和等級都不一樣——這就是歌舞伎演員的自尊。」

「原來配色也有理由和重要意義。」

「對於當時身分很低的歌舞伎演員來說，得到幕府的許可，確實是自尊也是品牌。不過這個定式幕一開始並沒有統一，有『茶、白、黑』，也有『綠、黑、茶』。統一為『茶、黑、綠』是明治時代之後的事。」

「可以這樣嗎？『定式』就是規則吧？規則應該要遵守才行。」

「當然會遵守。規則是要勉強去遵守的。」

「勉強？」

「可是你這次太遵守定式了。」

看來他總算進入正題。

鹿間繼續說：「這次的事件發生在眾目睽睽的舞台上，而且是一個人消失了，所以你就搬出推理小說的定式——舞台上有人消失，一定是使用了某種詭計；封閉場景發生的事件，犯人一定是親近的人；既然有被害人，一定會有加害人……」

「可是要讓人消失的話，一定要使用特殊詭計才能辦到；而且在那種地方犯案，犯人一定是親近的人；沒有加害人當然就不會有被害人。這些不是定式，而是一般常識吧？」

「柳如果被綁架，應該會有要求贖金的電話打來，而且柳的家裡應該要很有錢才對。這也是一般常識吧？」

「……你是指，這不是綁架？」

「定式的規則是為了遵守而存在，但也是為了被打破而存在。」

「你可以用我聽得懂的方式說明嗎？」

「遵守定式雖然重要，但也因為有定式，所以在打破或重組它時，就能創造出新的東西。第十八代中村勘三郎舉辦襲名公開表演時，使用『茶、白、黑』的定式幕；另外根據劇目內容，也會很乾脆地破壞舞台布置的定式。就是因為有定式這樣的秩序，對此進行更動或改變時，才會產生全新的東西。歌舞伎就是這樣成長的。你在演的二．五次元舞台劇，也是透過改變定式產生的吧？」

原來如此。

對於既憤世嫉俗又是權威主義者的我來說，這是很容易懂的說明。

如果鹿間說得沒錯，那麼並不存在「一定要遵守定式」的定式。

只是個人的常識造成這樣的想法。

「你是指，我太拘泥於遵守定式了？」

「定式是規則，所以必須遵守，不過另一方面，卻又具有相當大的變通性。小麥，你就在既有的定式當中變通看看吧。這麼一來，你就能看到新的世界了。」

「變通……」

這是我最不擅長的東西。

「事件現場的舞台、巨大帳棚的要素、柳這名被害人、周圍的六名嫌疑人士、小道具的麥克風、黑暗的狀況、帳棚上唯一的出入口、十五秒的限制、有人在而無法使用的側舞台……沒有人命令你用推理小說的方式處理這一切。這世上發生的事情終究是現實。既沒有偵探,也沒有詭計。」

「也沒有詭計?」

「有誰使用了詭計嗎?」

「當然是犯人……」

「這種話你到底要說到什麼時候?舞台上的演員沒有充裕的時間進行犯罪,也不可能會有外面的其他人過來。你既然調查過,應該會知道這一點。根本沒有犯人。」

綁架。

詭計。

還有犯人。

這些推理小說般的要素,是執著於定式的我幻想出來的。

即使知道這一點,我仍舊無法看透柳在十五秒內從舞台消失的真相。這也是因為我太執著於定式嗎？
「鹿間，告訴我事件的真相吧。」
「欸～？你多動動腦筋吧。」
「不要，好累，我投降了。」
「好吧，反正也沒什麼好賣關子的，跟你講也沒關係。呃，基本上這根本不算是事件……」
鹿間正要開始說明，我的手機就響了。
我不經意地看了畫面，不禁全身戰慄。
上面顯示的名字是意想不到的人物。
我感到耳朵後方的血管劇烈跳動，呼吸變得急促。
鹿間發現有異，停止說明問：「發生什麼事了？」
我幾乎反射性地把手機收到口袋裡。我覺得不能被這傢伙知道。
「抱歉。我突然有事，必須馬上出去。下次再告訴我吧。再見。」
「小麥。」
「什麼事？」
「你一定要回來唷。」

「那當然。」

我離開別屋，快步走在巷子裡，再度拿出手機。然而因為缺乏勇氣及膽量，我在自動販賣機買了汽水，花時間慢慢喝了四分之一左右。胃的深處感到很不舒服。即使如此，我還是設法平靜下來，下定決心打了電話。不知是幸還是不幸，對方立刻接起來。

『嗨。』

無庸置疑，這是柳的聲音。

『可以現在跟你見個面嗎？不要告訴大家。』

9

他指定的見面地點是西新宿一間家庭餐廳。大窗戶外可以清楚看到東京都廳和新宿中央公園。我喝著從飲料吧拿來的可樂，坐在正對面的柳則吃著鱈魚子義大利麵。他看起來很有精神。我不知道這樣講恰不恰當，不過我希望柳看起來更筋疲力竭。我希望他為了自己做的事情後悔，疲於失蹤生活，露出陰沉的表情。我無法原諒他在這裡吃鱈魚子義大利麵。

沒錯，我無法原諒柳。

「對不起，小麥，好像把你捲進來了。」

「為什麼是我？」

「啊？」

「為什麼找我？你還有跟其他人聯絡嗎？」

「沒有，只有跟小麥。」

「我知道了。」

「知道什麼？」

「你是憑自己的意志從舞台消失的吧？」

「你為什麼這麼想？」

「如果是被綁架或是被捲入事件，才不會吃鱈魚子義大利麵。」

「這個理論滿奇怪的。不過你說得沒錯，那是我自己想做的事。」

柳點頭回答。

他的態度當中完全沒有罪惡感。

這不是我認識的柳。我不知道該如何應對，便問：「你是怎麼辦到的？」

「那其實簡單到沒什麼好說的。舞台變暗之後，我從帳棚走出來，進入後台。就只有這樣而已。我以為大家應該都知道了。」

「可是舞台上有演員，還有觀眾在看。就算燈光變暗，在眾目睽睽之下，也不可能不被任何人發現就逃跑吧？帳棚的出入口只有一個……」

「那是帳棚，從哪裡都能出來。」

我必須很丟臉地承認，直到聽柳這麼說，我都沒有想到這一點。不管多麼巨大，那終究還是帳棚。只要掀起薄薄的布片，就可以不被發現地溜入後台，並沒有一定要乖乖使用出入口的規則。

就如鹿間指摘的，我太拘泥於定式了。

由於太過遵守規則，因此沒有看到在那之外的世界。

我被眾目睽睽之下的人體消失大魔術所迷惑，以為有特殊詭計，以為只能使用帳棚唯一的出入口，以為柳是被害人。

這一點鹿間不是也說過了嗎？

發生在這世上的終究是現實。沒有偵探，也沒有詭計。

「警察似乎在懷疑久川前輩。」

如果繼續張大嘴巴，大概會被當成傻瓜，因此我告訴他搜查狀況。

柳停止吃鱈魚子義大利麵，問：「為什麼是久川前輩？」

「因為距離後台最近的就是久川前輩。警察大概認為是久川前輩把你從帳棚裡拖出來的。」

「真是沒道理。」

「你不是借了四十萬嗎？」

我一說，柳臉上的表情便消失了，不過他立刻露出苦笑說：「原來你知道。」

「我是聽久川前輩說的。喂，柳，再這樣下去，久川前輩搞不好會被逮捕。而且你只要好好向各方道歉，也許還能重新再來。」

「我不打算重新再來，也不打算回去。」

柳如此宣言。

他的態度看起來不像是在鬧彆扭，而是已經下定決心，因此我也不知道該如何回應。

「那你為什麼要跟我聯絡？」

「我覺得你應該會了解我做的事。」

「為什麼是我？」

「我知道會造成你的困擾。對不起。」

「跟我道歉也沒用吧？」

「小麥，要不要跟我一起逃亡？」

「我沒有理由要逃亡。」

「真的？可是我一直覺得，你看起來總是想要逃亡。」

「你……又了解我什麼了？」

「我完全不了解你。所以今天就悠閒地浪費一整天，互相了解吧。」

「……」

就這樣，我成了逃亡者。

10

從新宿開往箱根的浪漫特快列車上，只有情侶和家庭乘客。兩個男人結伴去箱根旅行，簡直就是在開玩笑。

「差不多該告訴我了吧？你為什麼要做那種事？」

我邊吃鐵路便當邊問。

「如果我說……是因為我對一切都感到厭倦，你會接受嗎？」

「可以說明得更詳細一點嗎？」

「我們還年輕，未來充滿了可能性，但是我卻覺得……自己或許已經疲於緊緊依附這樣的可能性了。」

「說明確一點。是你自己的心情吧？」

「難道你理解自己的心情嗎？我不理解。而且演員的原動力不是心情，而是可能性。」

「可能性？」

「就是因為擁有可能性，才能忍受辛苦的練習，即使甄選會落選也會繼續努力，看到才能的差距也不會氣餒……」

「即使貧窮也能忍耐？」

這句話說得太苛薄了，讓我有點後悔。

「我父親在我小時候就失蹤了。在那之後，母親獨自撫養我們長大。也就是所謂的單親家庭。多虧母親，我和兩個弟弟可以上學。不過因為很窮，所以我也得打工協助家計。」

「在這樣的情況下，你失蹤了不要緊嗎？」

「我母親要再婚。」

「那真是恭喜了。」

「對方是牙醫。」

「那也要恭喜。」

「這樣一來就不用再擔心錢的問題。我已經卸下重擔。」

「這樣的話，你不就可以專心當演員嗎？為什麼……」

「我無法再期待可能性了。不，應該說我已經疲於緊緊依附可能性了。」

「我不懂……我看過舞台劇的總彩排和首日公演，你演小宮右之助演得很好。」

「那當然。因為我很拚命。我的夢想大概跟每個演員都一樣，就是站上舞台。為了站上舞台的那一天、為了實現那樣的可能性，我一直在努力。通過甄選之後，我比平常更勤奮練習。最後，《終極扣殺　舞台版》的首日公演終於來臨。我雖然很緊張，不過還是全力演出小宮右之助，一切也都進行得很順利，然後來到了最重要的表現場面。舞台變暗，我進入巨大帳棚，那時……在把鋼絲裝上帳棚的十五秒當中……我忽然領悟到了。」

「現在這個瞬間，就是自己的顛峰。」

「顛峰？」

「在那之後，我不是要和玉野井譽比賽嗎？我領悟到，這一幕、這個舞台，就是我演員生命的顛峰。今後我不會再遇到更閃耀的時刻。」

「沒這回事。你的演技並不壞……應該說演得很好。如果能夠繼續演到最後，一定會有下次的機會。」

「我也這麼覺得。」

「搞什麼？害我白白安慰你了。」

「可是說實在的，也就僅止於此而已。就算到時候獲得成功，也只是所謂的『縮小再生產』。我會演出類似的舞台劇，得到類似的評價，在這當中逐漸感到倦怠，然後回顧過去，就會想到自己的顛峰其實就是在《終極扣殺　舞台版》飾演小宮右之助的時候。」

看來柳比我還憤世嫉俗。

這和看到自己的極限稍微不一樣。

柳看到的是更糟糕的東西。

不只是演員，從事任何工作的人都不能看到這個東西。因為一旦看到，就無法繼續前進，也失去了前進的理由。

「柳……你在帳棚裡的十五秒鐘，原來在想這些事情。」

「不只是這樣。當時我更進一步想到，即便自己此刻消失，應該也無關緊要。小麥，你知道嗎？自殺有很多時候是突發性的。」

「啊？」

「跳軌自殺的人遺留的物品當中，有些人的定期票還可以再用上好一陣子，身上也有攜帶當天工作需要的資料，或是購物的備忘錄。」

「你的意思是，很少有人是抱著準備赴死的決心站上月台？聽起來好像發作一樣。」

「沒錯，正是發作。」

「這麼說，你在帳棚裡面就是剛好發作了。」

「黑暗的時間有十五秒。不是有『著魔』這個詞嗎？當你在黑暗的帳棚裡靜靜待十五秒，『魔』就會降臨一百次左右……於是我就消失了。」

柳結束說明。

他的表情很清爽。

我不打算說「我明白」，但也沒辦法以「無法理解」來否定。像我這種馬上就會冷掉、對一切都抱著嘲諷態度、對任何事物都無法熱衷的人，可以想像柳當時體驗的十五秒鐘。對於柳碰上的發作，以及對未來的絕望，我無法駁斥說「這煩惱還真奢侈」。話說回來，我也不打算接受柳的主張，因此就以現實的論調來說教：

「因為你消失，造成很大的困擾，大家都被拖累了。要不是水口設法撐起來，實在很難想像整齣戲會變成什麼樣子。」

「水口當時似乎大顯身手。我是從網路上知道的。這世上果然有天才。像這樣的天才，可以輕鬆前往我們努力一百年也無法達到的高度。小麥，你看到像他那樣的人，不會覺得緊緊依附可能性很蠢嗎？」

「……你得感謝水口。多虧他控制住場面，才能順利完成首日公演。也就是說，你還有回去的空間。」

「我不會回去。」

「你還說這種話！」

「你不相信我也沒關係，不過我並不是想要破壞一切。我知道我造成很多人的困擾，但是我真的只是剛好在那個瞬間突然想要消失。」

我心想，這種說法很像跳軌自殺者辯解的說詞。

11

在網路上預訂的住宿設施從外觀來看，與其說是飯店，不如說是稍微有點規模的民宿。不過要以超值價格住宿在箱根的話，也不能太奢求。辦完入住手續（我沒想到自己有一天會簽假名）、領了鑰匙之後，我們進入客房。這是一間西式房間，有兩張床，窗簾的花樣格外老式，從窗戶可以看到隔壁的公寓。住宿一晚只要五千九百日圓，所以也沒什麼好抱怨的。

「噗哈～感覺重生過了頭，快要死掉了。」

柳倒在床上。

從他口中得知，這幾天他輾轉在網咖和KTV包廂過夜，因此睡在柔軟的床上想必格外舒服。而我則一邊吃著茶點一邊思索著該怎麼辦。既然找到了柳，向經紀公司報告應該是最正確也最輕鬆的做法。剩下的別人會替我去想，我不需要負責。但是我不想要這麼做。

柳選擇了我。

我不想破壞他的信賴。

話雖如此，這份信賴是柳硬加在我身上的，而且我們不是命運共同體，我並不打算繼續和他逃亡。我聯絡過家裡，不過不打算一直這樣下去。那麼我該怎麼辦？

我開始懶得思考，便提議「要不要去洗澡」。

「啊，抱歉，我想睡了……小麥，你先去吧。」

柳用快要消失的聲音說。

老實說，我並不習慣和別人一起洗澡，所以暗自感到慶幸，獨自前往大浴場。男用浴室沒有人，因此我便用大量熱水沖洗身體，然後進入露天浴場。我不知道有多久沒泡溫泉了。

我到底在這種地方做什麼？應該要做什麼？思考在空轉，只有一點是確定的，那就是來到箱根是一大錯誤。在溫泉鄉這種最適合逃避的地方，連我自己都想要逃離各種東西。

回到房間，柳已經入睡，因此我也睡了。我沒有做夢。

就這樣到了晚上。晚餐是自助餐的形式，有炸蝦、漢堡排、沙拉、香腸、麵包、咖哩、雞塊、湯豆腐、天婦羅、蟹腳、馬鈴薯燉肉……每一道都很有魅力，不過完全沒有箱根特色。

我和柳用飲料乾杯。

「柳……我想問你一件事。」

「嗯？」

「你是不是打算自殺？」

「你還真直接。」

「我說過我父親失蹤了吧？」

「看到你的態度，不論是誰都會懷疑你要自殺。」

柳露出彷彿想笑卻失敗的表情。

「我說過我父親失蹤了吧？」

「嗯。」

「我猜他大概是自殺了。父親離開之後，母親從來沒有提過他的話題。一次都沒有喔。這或許代表她其實知道我父親已經不在人世，所以刻意要隱瞞吧。」

「你問過她嗎？」

「怎麼可能。」

「你如果想要追隨你父親的腳步，我勸你還是別這麼做。」

「小麥，你沒有類似的經驗嗎？其實之所以會跟你聯絡，就是覺得你好像會理解我。」

「是你多心了吧？」

「我覺得你好像經歷過最惡劣的谷底。」

我心想，這一點果然無法隱藏。

「我不知道這個故事能不能滿足你……讓我認識戲劇樂趣的，是大我七歲的哥哥。他帶我去看各種舞台表演，到現在我也常常看戲，不過小學時哥哥第一次帶我去看的舞台表演，在我心中至今仍舊是第一。我看了那場表演，感覺有電流通過身體。」

沒錯，正是電流。

當時年幼的我受到衝擊，發覺到這世上竟然有這麼厲害的東西。

「我曾經因為哥哥的事，想要離家出走。」

某天深夜，我忽然萌生這個念頭，不知不覺就開始把行李塞入背包，直到聽到「砰」的聲響，大概是某個家人醒來了，我才恢復清醒。我看到自己準備的行李感覺很不舒服，就把它塞入衣櫃裡，然後直接上床睡覺。早上醒來，離家出走的衝動已經消失了。

我到現在仍舊覺得……

當時要是真的離家出走，大概就不會再回去了。

雖然沒有可去的地方，但是我大概不會回家。

「小麥，你果然也有著魔的時候。不過你並沒有真的去做。那麼你哥哥現在……」

「他自殺了。」

「對不起。稍微想一下，應該就猜得到了。」

「沒關係，那是很久以前的事。現在我已經設法熬過來了。」

「你是怎麼熬過谷底的？」

「是周圍的人對我伸出援手。像是現在變成繭居族的同學，還有另一個怪怪的學長。多虧這些人幫助我，我才有今天。」

「周圍的人伸出援手……這樣啊。」

「你也一樣吧？這麼說雖然老套，但你不能繼續背叛大家的信賴。接下來要怎麼辦？」

「怎麼辦呢？逃亡用的資金也快要見底了。」

「喂，柳，我覺得你就算不當演員也沒關係。」

「嗯。」

「不過至少先回一趟東京吧。」

「……嗯。」

「邊吃溫泉饅頭邊回東京吧。我也會跟你一起回去。」

就這樣，我巧妙掩飾自己加速的心跳，結束了對話。

12

次日早上。

我們買了溫泉饅頭，再度坐上浪漫特快列車。

這次不是為了逃亡，而是為了回去。

我們吃了溫泉饅頭，用綠茶洗去嘴裡的甜味，不久就到達終點的新宿車站。我和柳下了浪漫特快列車。

柳的雙腳剛踏上車站月台，就有幾名站務員過來。跟在他們背後的是穿制服的警察。這時突然有人從背後把我往前推出去，站務員連忙把我接住。警察在騷動。我聽到怒吼聲與腳步聲。柳沒有被抓到，不知逃往哪裡去了。

13

我全速衝過月台，逃離警察去追柳但是追丟了。我急忙聯絡和柳共同演出的六人。來到新宿車站跟我會合的是入井、久川、谷崎與水口四人，陣內和猿橋則說要開車搜索。

入井問：「柳為什麼要逃跑？他不是被綁架了嗎？」

如果說出真話，可以預期情況會變得很糟，因此我只說「不知道」。

入井懷疑地瞇起眼睛。

「不論如何快點找到他吧。柳應該也希望被人找到。現在就出發。大家隨時保持聯絡。」

久川像是在做總結般說完，就騎著腳踏車離去。

入井和谷崎進入地下鐵中。

這時我才發現——

現場只剩下自己和水口。

即使在人潮洶湧的新宿車站，水口的存在感仍舊相當突出。他不同於那些留著奇特髮型、穿著奇裝異服、努力想要讓自己醒目的傢伙，而是綻放著寧靜的光芒。有很多演員一下舞台光芒就會瞬間消失，不過狀況絕佳的水口卻從頭頂到指尖都綻放光芒，就像王子一樣。

「我們也快點去吧。小麥，你有交通工具嗎？」

王子看著我問。

「沒有，腳踏車在家裡……」

「那就一起騎機車去吧。」

「你會騎機車？」

「只有輕型而已。」

停車場停放著一輛黃色機車。我借了安全帽，猶豫片刻之後抱住水口的腰。他的腰纖細而肌肉發達。

車子發動了。

機車毫不猶豫地上了國道。

「喂，水口，你知道柳在哪裡嗎？」

我大喊，水口便拍拍自己屁股上的口袋。我判斷他的意思是要我看那裡面的東西，便抽出智慧型手機。螢幕顯示的畫面列出東京都內著名的自殺場所：ＪＲ新小岩站、高島平團地、奧多摩湖……

我趁紅燈停車的時候問他：

「你為什麼認為柳會自殺？」

「柳是憑自己的意志離開舞台的。」

原來你知道——我勉強忍住沒說出這句話，只回答「也許吧」。

「演員如果憑自己的意志離開舞台，大概就意味著不會再回來了。雖然不知道他會不會自殺，但是既然他說不會回來，就只能去不會回來的場所找他。」

水口的說明雖然是憑感覺，我卻能立刻理解。柳的確被死亡吸引，必須趕快找到他才行。

然而東京太大了，知名自殺場所也分散在各地，光是前往就要花上整整一天，而且無法保證柳真的在那樣的地方。即使如此，我們還是騎機車疾馳，並且和夥伴互相聯絡。

我們沒有找到柳。

到後來因為實在太累了，便決定暫時休息。

我們把機車停在公園旁邊，坐在長椅上。伸直背脊時，背部發出「喀喀」的聲音。時間已經是下午五點，在日落前必須做一個了結才行。

我們並肩喝著可樂。

我已經好久沒有和水口在一起這麼久。

以前——雖然也只是幾年前，我和仍然沒沒無聞的水口一起參加甄選會時，常常像這樣坐在一起東聊西聊。

「水口，你不生氣嗎？你已經發現是柳搞砸了舞台吧？」

「只要有我在，舞台就不會被搞砸。實際上，首日公演也非常成功。」

「真了不起。要是我就會生氣。」

「不論條件多麼惡劣、不論發生什麼樣的狀況，都一定要讓演出成功，這才是真正的舞台工作者——這樣說感覺好像太自以為是了一點。我當然也會失敗、也會抱怨，可是我自己訂立規則，有件事絕對不能做。」

「規則？」

「絕對不能歸罪於人。」

「你變了。」

「是嗎？」

「以前你不是都歸罪給其他人嗎？演技無法發揮的時候，就歸罪給導演；演出失敗，就歸罪給觀眾……」

成為王子之前的水口對一切都抱持敵意。對劇本、對導演、對觀眾，甚至對夥伴也老是在抱怨，不斷反覆聲明自己才是最強的。那樣的水口，在我眼中看來很有魅力，也覺得那樣的水口才是最強的。我喜歡那時候的水口。

「真不好意思。只有你還記得那個時代的我呢。當時我或許是藉由把一切歸罪給他人，才能保持住自我。」

「那樣的你也不壞，演技也很厲害。」

「照那樣下去，我大概就不會得到肯定了。在二．五次元的舞台，我找到了屬於自己的戰鬥方式。小麥，你呢？」

「我還在嘗試錯誤的階段。老實說，現在還不是很清楚。」

「你一定可以馬上找到。」

「希望如此。」

「柳不知道怎麼樣。」

「那傢伙也還沒找到。」

不僅如此，他等於是在宣傳自己沒有找到。

「走吧。如果柳自己沒有找到，我們應該替他找到。」

當我們正要再度跨上機車時，久川聯絡了我們。

他說他在中野找到柳。

然而，地點是在公寓屋頂。

14

我們到達四層樓公寓的屋頂時，柳和久川正在對峙。

氣氛雖然還不到緊繃的程度，但彼此表情都很嚴肅，而且沉默不語。

我開口說：

「柳，你在幹什麼？」

「嗨，小麥。的確，我們到底在幹什麼？」

「不要衝動。」

「如果不衝動的話，就不會變成這樣了。」

「你們終於來了！柳一直都是這個調調。他會跟我說話，可是不聽我說。」

「久川前輩，我有聽你說話。我是聽了之後才這麼說的。回去吧。」

「柳……」

「就是這樣，請你們回去吧。一群人繼續待在屋頂上會引起騷動，那樣的話，我也得做出麻煩的事。我其實也很想還久川前輩四十萬。」

「你不用擔心那種事。」

「回去吧。我想要一個人獨處。」

「一個人獨處之後要幹什麼？」

對於久川的提問，柳沒有回答，只牽動嘴角笑了笑。

正當我們對話的時候，陣內和猿橋帶著入井和谷崎來了。

《終極扣殺　舞台版》的演出人員集結在屋頂上。

這麼一來，當時在觀眾席的我就是觀眾嗎？

「喂，柳！你不要開玩笑。我不知道是怎麼搞的，總之回去吧！」

入井衝動地準備向前，被陣內和猿橋壓制住。

柳沒有反應。

屋頂上陷入沉默。

只有偶爾吹過的陣風吹亂頭髮和衣服，沒有人能夠動彈。

屋頂的後方是一片夕陽映照的天空，聽得到烏鴉的叫聲和救護車的警笛聲。柳以這幅景象為背景，宛如逼真的幽靈影像般站著。我不知是怎麼聯想的，腦中浮現哥哥的身影。

必須想想辦法才行。

再這樣下去，柳會封閉到殼裡。

他會迎接不應該發生的結局。

我再度開口：

「你難道願意接受這樣的結局嗎？現在大概是唯一的機會。錯過這次機會，再也回不來了。」

「我說過，我不打算回去。」

「你這樣就跟離家出走一樣。一開始或許覺得很爽，可是漸漸地就沒有事情可做，錢也會用完，又失去了回去的契機，到最後只會感到空虛而已。」

「也許吧。老實說，我開始對自己的立場感到有點麻煩了。」

「那就回來吧。」

「我做了不可原諒的事，擅自離開了舞台。」

「沒關係，只要道歉就能解決。又不是殺了人或放火燒了屋子。」

「小麥，別說了，你不用管我。」

「柳……」

「這個帳棚是小宮搭的嗎？露營好像滿有趣的嘛！」

這個聲音突然傳來。

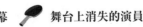

我一回頭，看到原本沉默不語的水口……不對。

不是水口。

髮型、臉孔和服裝確實是水口，但表情、舉止和氣質卻顯現出完全不同的人物。

玉野井譽。

《終極扣殺　舞台版》的主角，玉野井譽。

「這個帳棚是小宮搭的嗎？露營好像滿有趣的嘛！」

水口再度說出這句台詞，並且走到前方。

他的步伐儼然就是玉野井譽。

柳以毫無感動的眼神看著他的動作。

從他身上無法觀測到絲毫憤怒、喜悅、悲傷、興奮、或是感動。

飾演玉野井譽的水口也看著柳，重複同樣的台詞：「這個帳棚是小宮搭的嗎？露營好像滿有趣的嘛！」他重複的是那一天在舞台上的台詞。

最後他終於來到柳的面前。

「這個帳棚是小宮搭的嗎？露營好像滿有趣的嘛！」

「……」

「這個帳棚是小宮搭的嗎？露營好像滿有趣的嘛！」

「……不要……」

有反應了。

柳喃喃說了些話。

「聽不見。那麼小聲，根本聽不見。」

「……我……」

「聽不見。」

「……小……」

「聽不見。」

「不要……小看……」

「聽不見。」

「不要小看我！」

柳大聲怒吼。

他像爆炸一般大吼：

「不要小看我！不要小看我！不要小看我！喂，喂你這傢伙，不要小看我！我！我！我！」

整個屋頂都迴盪著柳的怒吼，在傍晚的天空形成回音而逐漸消失。

除了水口以外的所有人都全身戰慄，無法動彈。

但這樣就行了。

因為這是小宮右之助和玉野井譽的對決。

其他成員只是背景，我則是觀眾。

柳瞪著水口說：

「玉野井，你不要小看我！我是來這裡修練的！」

「露營的修練？」

「當然是桌球修練！你不要一派輕鬆的樣子。隊上的王牌是我！」

「王牌是我。」

「見識過我的新招之後，你還敢說同樣的話嗎？」

隨著對話中的火藥味增強，開始聽見不存在的背景音樂。咚、咚、咚、咚的四拍節奏，暗示著兩人的心跳，玉野井譽和小宮右之助互相瞪著彼此，當音樂的緊張程度達到顛峰，不存在的光雕投影便投射在整片天空。

最後一幕。

從這裡開始，就是只有水口和柳兩人的世界。

「玉野井，看看我修練的成果吧！」

「小宮，我會拭目以待。」

「看招！特級小宮，爆．誕！」

柳跳入不存在的巨大帳棚，沒有幾秒又出現，穿著不存在的戲服。柳來到水口面前，高喊：「來一決勝負吧！」以此為信號展開對決。然而這裡並沒有球桌。二．五次元舞台劇演出運動題材時，除了手上拿的道具之外，不太使用小道具，但現在連球拍都沒有，也沒有背景音樂、燈光、甚至舞台。即便如此，柳和水口仍舊把屋頂當作舞台，繼續比賽。在激烈的擊球往來之後，首先得分的是玉野井譽。小宮右之助好似被吹走一般倒下。

「小宮，這樣就結束了嗎？」

「別擔心，好戲接下來才開始。」

沒錯，接下來就是柳最重要的表現場面。他會再度進入帳棚裡迅速變身，然後巨大帳棚會以鋼絲吊起來，當作是被小宮右之助噴出的力量掀到空中。化身為「超特級小宮」的小宮右之助終於從玉野井譽手中得分——情節應該是這樣。

這裡沒有巨大帳棚，但這並不重要。

「超特級小宮，爆．誕！」

柳高喊之後，進入不存在的帳棚。水口、入井和谷崎悄悄移動，在看不見的帳棚勾上鋼絲。柳一動也不動。在巨大帳棚裝上鋼絲的期間，他靜靜等候。

十五秒後。

看不見的燈光突然亮起來。

「好了，小宮，從帳棚出來吧。讓我看看你真正的力量。」

隨著水口的台詞，聽不見的背景音樂停止，看不見的鋼絲被迅速捲起來，一口氣把看不見的巨大帳棚往上拉。

柳在那裡。

「讓你久等了。」

柳說。

這是他原本要在那座舞台上說出的台詞。

「我等了好久。」

水口也說出當時應該說出的台詞。

「來一決勝負吧！」

兩人全力衝刺，揮動看不見的球拍，繼續熱烈演出。我往旁邊看，久川他們站在屋頂的角落。那是和《終極扣殺　舞台版》正式演出時同樣的位置、同樣的順序。

另一方面，我看著演員們重現的舞台，感覺卻冷掉了。

我心想這真是糟糕的爛戲，不知道他們在認真搞什麼。

沒錯，他們很認真。

他們真心在演出最後一幕。

柳和水口全身大汗地演出，久川專注地凝視他們，而我則冷掉了。我討厭在這種情況還如此冷淡的自己。或許我是在拚命抵抗，或許我是在抵抗內心湧起的熱情。證據就是我的心跳加速，不知不覺中握緊拳頭。

「看招！千手觀音！」

「沒用的！蝴蝶之舞！」

「可惡，可惡啊！我不會輸！我不是這點程度的男人！我要變強。我一定一定要變強。我會變強。我一定一定會變強。等著看吧！我絕對會變強給你們看！」

不論柳如何渴望，演員都不被允許更改劇本。最終獲勝的是身為主角的玉野井譽。和玉野井譽同化的水口使出必勝絕招，和小宮右之助同化的柳便被吹走。柳在屋頂上打滾，然後停下來。

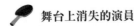

比賽結束。

我感受到強烈的羞恥，同時覺得自己看到了非常神奇的一幕，並想起當初哥哥第一次帶我去看舞台演出時，我也產生了很類似的情感。

我聽鹿間說過，歌舞伎最早是在戶外演出的。既沒有舞台也沒有帷幕、既沒有常規也沒有定式的原始歌舞伎，或許就是像這種感覺。

15

被帶回來的柳到處去鞠躬道歉。

柳為了負起責任，表明不再當演員。

話雖如此，我們經紀公司大概也受到某種懲罰，不過經紀人三上先生只說「不會造成你們的困擾。交給上頭來處理吧」，並沒有多做說明。我只知道柳完全從這個業界消失了。

16

就這樣，今天又有一名演員從舞台上消失。

雖然一切都結束了，我還是長時間泡在鹿間的別屋。這天我也懶洋洋地在看書。書的內容完全無法進入腦子裡，但這一點並不侷限於書本。和夥伴們交談時，聊天的句子也無法進入腦子裡。我無法不覺得，他們說的話和自己一點關係都沒有。人到了這種地步，大概就會和世人保持距離吧。鹿間或許也是如此。

藺居族房東鹿間的生活很簡單。我待在他房間的這段期間，他都一直在看書。他今天讀的是將棋的書，昨天讀的是偶像論，前天則是漫畫，毫無專一性可言。

「真是的，那麼否定藺居族的小麥，竟然也會迷上讀書。」

鹿間嘲諷我。

「隨你說吧。」

「你不去參加甄選會嗎？」

「我們經紀公司有水口在，根本輪不到我。」

「你在鬧彆扭。」

「如果你覺得我每天來會造成困擾，那我就不來了。」

「不會，你要待多久都可以。我要說的不是這個。我想問的是，你還好嗎？」

「什麼意思？」

「現在的小麥就跟那時候一樣。就是你哥哥……」

「不是那回事。我還是會回到日常生活。當時多虧有你在，我才能夠回來。」

「不是，那要多虧嗶嗶學長。我當時完全束手無策。」

嗶嗶學長是哥哥的好朋友，也是我們的學長。

不知為何，鹿間對嗶嗶學長另眼相待，不過我完全無法理解。他到底覺得那種怪人的哪裡好？在我看來，嗶嗶學長只是在亂搞而已。

鹿間以擔憂的眼神看著我。我有點不好意思，決定轉而攻擊。

「喂，鹿間，我可以問你一件事嗎？。」

「什麼事？」

「那天我接到柳的電話，離開這間房間之後，你報警了吧？」

我一直在意這點。

警察為什麼會在新宿車站等候？

如果在更早的階段掌握到柳人在何處，應該會在那裡找到他。也就是說，警察之所以能夠找到柳，是因為跟在我後面。警察是因為知道我要和柳會合，才會跟蹤我。在那個場面除非鹿間報警，否則時機不可能那麼剛好。

鹿間沉默片刻，然後似乎終於放棄隱瞞，闔上書本說：

「我可以辯解嗎？小麥，你當時看著手機畫面突然跑出去，一般來說都會想到是柳聯絡了你，也會感到擔心。」

「即使是這樣，也沒必要向警方打小報告吧？」

「我是真的在擔心。我怕你要是發生萬一……」

「我處理得很順利。我見了柳，和他聊天，也和他一起回到東京。」

「沒錯，你打算憑自己的力量解決這次的事件。這是我無法辦到的事情。」

「所以你才報警？」

「你在生氣嗎？」

「我對於你沒有跟我說一聲便報警這一點感到生氣。鹿間……你很厲害，一下子就解開謎底。我都不知道你有這樣的才能。所以我才更生氣。你為什麼不在當時告訴我？為什麼要賣關子？」

「我本來想要告訴你，可是你走了，而且你也隱瞞了柳跟你聯絡的事實，不是嗎？」

「啊，說得也是。」

「我的確立刻理解到柳消失的原理，但是沒有辦法窺探到柳的內心深處。我不知道柳在想什麼、渴望什麼、不想要別人對他做什麼。畢竟我不是偵探。」

「我也一樣。到現在我也不確定自己是不是真的了解柳的想法。不過跟人相處的時候，不能畏懼這種事吧？」

「不愧是小麥。」

鹿間不知為何露出高興的表情，甚至還拍手。

我不了解其他人，也不了解自己，但這是很正常的。這就是基準線。我們演員就是在這樣不確定的狀況中飾演他人。我心想，這真是一門奇特的生意。

「要怎麼做才能成為主角？」

我發現自己如此喃喃自語。

「這次的事情讓我搞不清楚了。大家都拚命努力，想要讓自己成為主角，可是我覺得自己好像不是那種人，卻又不想承認這一點。我不想當配角。」

「脇僧　看似　想要菸灰盆。」

鹿間突然冒出這麼一句話。

「你在說什麼？」

「能劇有『脇』的角色。你知道什麼是『脇』嗎？就是坐在能劇的舞台邊邊、看起來很閒的演員。」

「嗯，大概知道吧。」

「順帶一提，戴著能面具、穿著漂亮的服裝、在舞台中間說話跳舞的演員稱作『仕手』，也就是所謂的主角。」

「這麼說，『脇』就是配角囉？」

「不太一樣。主角的『仕手』是幽靈、精靈這種非人類的存在，另一方面『脇』則是人類……往往是僧人的姿態。能劇幾乎都是旅行中的『脇』在某個場所遇見『仕手』的模式。」

「哦，能劇原來是幽靈和和尚的故事。是因為和尚看得到鬼嗎？」

「是因為和尚是脫隊者。」

「脫隊者？」

「就是在人生中失敗，或是厭倦人生的人。」

「哇哦。」

「在人生中挫敗、在自己的舞台無法成為主角——就因為他們是這樣的人，才能成為站在此世與彼世之間的『脇』。『脇』會傾聽『仕手』的話。『仕手』之所以會出現，就是因為對這世上抱持著眷戀，仍留有待解決的未完成思念。『脇』對於這樣的『仕手』，只會提出問題，像是『怎麼了？』之類的。可是『仕手』陷入混亂當中，一開始無法理解自己的心情。即使如此，『脇』還是反覆詢問：『怎麼了？』於是『仕手』的思念便逐漸明朗……這就是『脇』對於『仕手』扮演的角色。他是在『分擔』對方的煩惱。用現在的說法，就是心理諮商師吧。」

「或者是偵探。」

「你是指『仕手』是犯人、『脇』是偵探嗎？就犯人和『仕手』其實都想要告白這點來看，的確是相同的。事實上，『仕手』在清楚明白自己的心情之後，就會自顧自地一直說話。這麼一來『脇』就什麼都不用做，只要坐著聽對方說話、看對方跳舞就行了。觀眾看到『脇』在這種什麼都不做的狀態好像很閒，所以就想要遞菸灰盆給他。」

「哦，這就是剛剛那句川柳（註6）的意思啊。」

「小麥，我覺得你這次盡到了『脇』的責任。雖然沒有『仕手』搶眼，但是沒有『脇』的話，能劇也無法成立。『脇』絕對不只是配角。」

我這位朋友該不會是在鼓勵我吧？如果是的話，未免太笨拙了。

不過剛剛的話題釐清了一件事。

在屋頂上演的蹩腳戲。

那或許就是對話。

水口扮演「脇」，而柳這個「仕手」則述說、跳舞。

這或許就是那齣戲的本質。

如果那樣做解開了柳的心結，那麼身為觀眾的我就必須鼓掌才行。雖然有點晚，不過真正的鼓掌都是稍微延遲一些才出現的。

當我想通的時候，鹿間以頑童般的表情說：「對了，小麥，你知道這個嗎？」他邊說邊拿筆記型電腦給我看。

上面是驚人的消息。

鐵砲塚真太郎在一則網路訪問中，宣稱他想要寫寫看二・五次元舞台劇的劇本。

鐵砲塚：我最近對二・五次元舞台劇很感興趣，希望有一天能寫寫看劇本。看到他們的舞台，覺得比現代劇更重視「型」……就像繼承了型紙產業一樣。

Q：型紙是指和服布料染花紋時使用的那個型紙嗎？

鐵砲塚：到了明治時期，日本的型紙產業開始衰退，而在無意間繼承這個文化的，就是

註6：川柳是十七字的短詩，從江戶時代開始盛行，通常具有簡潔、幽默、機智等特色。前述該句原文即屬於川柳的形式。

雷內·拉利克（註7）這位法國人。提到拉利克，很多人大概只會想到「作品擺在箱根美術館的玻璃藝術家」吧（笑）？

Q：的確，好像只有這樣的印象。

鐵砲塚：拉利克的花器和香水瓶當中，有很多作品怎麼看都是受到型紙的影響，而據說他確實參考過喪失用途、流出到海外的型紙。也就是說，在日本消失的文化，在海外開出了花朵。

Q：提到這類日本風格的例子，一般會想到梵谷吧。梵谷受到浮世繪很大的影響。

鐵砲塚：從戲劇界來看二·五次元舞台劇，就像是突然出現的妖怪之子，事實上或許也是如此，不過我覺得他們反而繼承了戲劇的「型」。我在這種逆轉現象當中，看到了可能性。和他們在一起，或許就能創造出我所追求的世界。

鐵砲塚真太郎，現代戲劇界的希望。

我是鐵砲塚真太郎的粉絲。我喜歡他描繪的世界，但他並不只針對戲劇迷創作，會場規模逐年增大。這個消息就好像明星跑到我家借廁所一樣，讓我一時無法理解。

那位鐵砲塚真太郎竟然對我所在的這個世界感興趣？

「欸咻！」

我刻意發出聲音站起來。

「小麥，你要去哪裡？」

「我要回去了。明天起還得練習。」

我沒有打招呼就離開別屋。

外面陽光很刺眼，感覺正值盛暑。我覺得腰腿好像又恢復了力氣。我心想，我應該能繼續走下去，走在這個日常生活當中。雖然沒辦法整理心情，但大家一定也都一樣。每個人都懷著煩惱，但仍舊走在名為日常的這個世界當中。不論如何，能夠以如此老套的方式思考的我，和以前相比一定強韌了許多。

「小麥。」

我回頭，看到鹿間從別屋的窗戶探出頭。

白皙的臉和長髮在強烈的陽光下，顯得格格不入，簡直就像白天出現的幽靈般滑稽。但

註７：拉利克（René Lalique，一八六〇～一九四五）是法國玻璃工藝師、珠寶設計師。日本神奈川縣的箱根有一座拉利克美術館。

鹿間不是幽靈也不是座敷童子。他跟我一樣是十八歲，跟我一樣是人類。他可以外出、上學、和朋友玩，也曾經有過那樣的時期。這傢伙為什麼不走出房間？有一天他會告訴我嗎？

「鹿間，小心點。要是突然照到陽光，你會融化掉。」

我壓下種種心情這麼說。

「關於剛剛談到的，如果小麥是『腦』、我是『仕手』，你覺得這樣的關係怎麼樣？」

「啊？」

「這樣的話，我應該就能當偵探。也就是說……如果你願意聽，我大概就能好好說出來。」

「嗯，這樣好像不錯。」

「要是又遇到什麼困難，就來找我吧。」

「沒有遇到困難，我也會來找你。」

「拜拜。」

「拜拜。」

我稍稍舉起手，然後繼續向前走。走了一段路之後，我又回頭，但因為屋子周圍的樹木遮蔽，沒有看到鹿間的身影。

第二幕
殺人甄選會

1

「我要請各位在這裡演出殺人推理劇。」

一到達歐風民宿，鐵砲塚真太郎便突然說出這種話，讓我們不得不深深嘆息。

「……我怎麼聽說這次宿營是為了增進演員之間的感情？」

入井提出幾乎是抱怨的質問。

「那是騙你們的，為了不讓你們有先入為主的觀念。說得更明白一點，你們七個人還沒有確定合格。」

「什麼？」

「在這座民宿進行的殺人推理劇，才是真正的甄選會。」

「我們聽經紀公司說，已經通過了……」

「你們的確通過了第一次甄選，所以才會舉辦第二次甄選。只有在這裡合格的人，才能演出《暗黑偵探　現場懸疑劇》。」

鐵砲塚真太郎面不改色地宣布之後，把手放在黑色絲絨帽上深深鞠躬。我們盯著他戲劇化的動作，仍舊只能深深嘆息。

「唉呀，沒想到會發生這種事。」

只有水口保持著和平常一樣的微笑。

2

鐵砲塚真太郎——

「世田谷俱樂部」劇團代表人，也是年輕劇作家，曾經推出《冤罪律師》、《看，不會死了吧？》、《殺人假日》、《平和莊的慘劇》等多部舞台劇傑作，現年三十五歲。他既不會刻意討好一般觀眾，也不會只針對戲劇迷創作，保持絕妙的距離感，因而吸引了我。用慣用語來說，我是他的粉絲。這位鐵砲塚真太郎的最新作品是《暗黑偵探　現場懸疑劇》，而這部作品正是以漫畫為原著的二·五次元舞台劇。

二·五次元舞台劇這個名詞，不知道是從誰開始稱呼的。

這是由真人演員演出漫畫、動畫、遊戲等二次元娛樂作品的最新型跨媒體創作。一開始被當成不入流的把戲，也有水準很低的作品，不過隨著品質提升，開始受到肯定，現在已經成為有大筆資金流動的新文化。

我不是很明白，為什麼在戲劇界逐漸鞏固地位的鐵砲塚真太郎會看上二．五次元舞台劇。雖然也有不賣座的演員跨入這個領域，但劇作家涉足的情況很罕見，更何況鐵砲塚真太郎是成功人士，應該沒有理由跑來這種地方。

我原本期待在這次宿營中，或許能夠了解鐵砲塚真太郎真正的意圖，可是看來好像沒有尋找答案的閒工夫了。

「歡迎歡迎~這種天氣還大老遠從東京過來，真是難為你們了。而且還下起雪，真是傷腦筋。氣象預報明明是晴天才對。今年的冬天好像來得比較早。」

隨著輕佻口吻出現的，是個從任何角度來看都像是戶外活動愛好者的男人——黑框眼鏡、小鬍子、皺皺的法蘭絨襯衫，要是再戴上卡西歐手錶，那就更完美了。「很冷吧？來，喝點熱的。」男人說完就開始分發熱可可，但仍舊沒有從打擊中恢復的我佇立在大廳，沒有心情去喝。

原本以為自己好不容易終於通過甄選了……

鐵砲塚真太郎介紹：

「這位是柏崎先生，是這間民宿的主人。為了第二次甄選會，他答應把整間民宿給我們包下。」

「歡迎來到『冰雪葛里克』。我是這裡的老闆，敝姓柏崎。」

「請多多指教！」

大家雖然仍舊處於混亂中，不過還是齊聲打招呼。受過經紀公司澈底教育的我們，不論在任何時候都能夠「很有精神地打招呼」。

「雖然說是包下，其實也只是在冬季營業開始之前提早開放，所以可能會有一點不方便，不過還是希望你們能住得愉快。對了，鐵砲塚先生，我可以把大家的行李搬到房間嗎？」

「請等一下，在那之前還有一件事要處理。」

「又有什麼事？」

入井再度出言反擊。

「請大家在這裡交出智慧型手機、平板電腦等所有電子用品。」

「交出？你有什麼權力這樣要求我們？」

「我要請各位在這裡演出殺人推理劇。」

「你剛剛已經說過了。」

「標題是《白色山莊》。這是我為了這次甄選會特地寫作的密室推理劇。劇情是一群滑雪社的高中生被大雪困在民宿，捲入了連續殺人事件。這裡雖然沒有被大雪封閉，不過就場景來說非常適合。」

「真是低級趣味。」

「常有人這麼說。」

「那麼，沒收手機的理由又是什麼？」

「這是場景設定的一環。為了營造被大雪封閉、無法與外部取得聯絡的情境，電話由我來保管。如果不喜歡我的做法，請立刻開始準備回家。你們搭乘過來的巴士，還會在外頭等待五分鐘左右。」

3

從窗戶望出去，只能看見一片雪景。

到達長野之後就一直在下的雪，此刻下得更大，彷彿要將已經是白色的風景染得更為純白。我們七個演員被安排到二樓個別的房間，不過我和入井來到了水口的房間。雖然不是特別要好，但隸屬同一間經紀公司且同屆進公司的連帶感及些許的不安，讓我們聚在一起。

「怎麼會這樣？說什麼第二次甄選會，根本就是詐欺嘛！我可沒聽說有這種事。原本以為已經選上了，這種玩笑真的很過分。家鄉的老媽一定會很難過。」

入井是新潟縣出身，高中肄業就來到東京，進入我們的經紀公司。和出生於東京、茫茫然然當演員的我不同，他的心意相當堅決。或許也因此，對於被騙一事更加生氣。

另一方面，水口則淡然處之。

「真不愧是鐵砲塚真太郎。我聽說過他是個怪人，不過沒想到他會來這一招。」

「大老遠跑到長野來，要是沒通過甄選會就得打包回家，那可不是開玩笑的。」

「入井，你生氣也沒用。經紀公司一定也參與了這項計畫。」

「啊？」

「動動腦想想看吧。甄選會有沒有通過這種事，絕對不容許撒謊，否則時間表都會被打亂。」

「我的精神狀態才會被打亂。」

「即便如此還公然做這種胡鬧的事，可見經紀公司一定知情。」

「搞什麼！水口，這種事應該在手機被沒收之前告訴我。現在連打電話抗議都不行。」

「提出這個點子的應該是鐵砲塚先生，不過經紀公司也答應了，他們等於是共犯關係。所以與其向他們抱怨，不如回應他們的期待。」

水口弘樹——

在二．五次元舞台劇的業界，他是時下最受矚目的年輕演員。

暱稱是王子。

今年夏天他首度主演的《終極扣殺　舞台版》雖然發生了一點狀況，但仍舊在盛況中閉幕，水口的人氣也水漲船高。前幾天他終於登上了二．五次元舞台劇專門雜誌的封面。

起點明明相同，卻只有水口獲得肯定，爬上明星的階梯。我不能讓彼此之間的差距繼續拉大。原本以為好不容易通過甄選會、可以站上同樣的舞台，卻變成這樣。我在憤怒中閱讀遞給我的劇本。

接著我發現到奇怪的事情。

「……這齣戲只有寫到一半。」

鐵砲塚真太郎自稱特地為第二次甄選寫作的《白色山莊》，在劇情發展到一半的地方就結束了。

為了滑雪宿營而借住的民宿被大雪封閉，再加上基地台停電，連電話都無法接通。成為陸上孤島的民宿內發生連續殺人事件，而滑雪社的社長扮起偵探，想要尋找犯人……內容大概是這樣，但是情節沒有發展到最後就結束了。

「小麥，我當然也發現到了。分量大概只有七成左右吧。簡直就像是書頁被撕掉的劇本。」

水口若無其事地回答。

「這到底是怎麼回事？該不會是要我們自己來編出接下來的故事吧？哪有這種甄選會？又不是工作坊之類的。」

「小麥，去想這些也沒有用。主宰甄選會的只有鐵砲塚先生一個人。即使要他告訴我們答案大概也沒用，就算抱怨也不會有人幫助我們。我們是演員，只能乖乖演戲。」

「你說得也許沒錯，可是關鍵的劇本沒寫完就結束了，這樣根本不可能演戲。」

「沒關係，對方會主動出招，而且應該很快就會有動作了。」

「你怎麼知道？」

「我們不是什麼都還不知道嗎？連角色分配、還有這次甄選會要刷下幾個人都不知道。而且他又像這樣給了我們讀劇本的時間，所以說，鐵砲塚先生的計畫就是要讓我們感到困惑。接下來他應該就會展開行動，給我們下一個情報。」

「原來你……想到這麼多。」

不久之後，樓下傳來召喚我們的聲音。

「看吧。」水口聳聳肩說。

我們下了樓梯到一樓，其他四名演員已經在那裡等待。鐵砲塚真太郎像是被他們包圍般，站在大廳中央。

「嗯，全員都到齊了。現在開始要分配角色。我準備了籤，你們隨自己高興來抽吧。還有，也許你們在巴士上已經變熟了，不過在抽籤的時候，別忘了自我介紹。那麼就拜託你了。」

鐵砲塚真太郎退下之後，換了一個身材高大的男人來到大廳。他大概是大學生左右的年紀，穿著醒目的厚重工作鞋。

「啊，請多多指教……我是工讀生久保。呃，籤在這裡。」

自稱久保的男人伸出拳頭。

有七條細細的紙從他的拳頭伸出來，但是我們都沒有出手。

我們無法出手。

「不用擔心，角色分配不會導致結果有利或不利。我可以在這裡保證，每個角色都會公平地獲得評價。」

鐵砲塚真太郎雖然這麼說，但事實就是這場第二次甄選會即將決定一切。可以選擇的話，每個人都不想當一開始就死掉的被害人，而希望能夠扮演有更大發揮空間的主角，也就是偵探。沒有人想要抽到下下籤。任何時候都希望能夠站在舞台中央——這才是演員真正的心願。

「那個，請快點來抽……」

久保揮了揮拳頭。

這麼一來，首先出手的自然是缺乏耐心的人。入井站起來說：「唉，真受不了！那就讓我先來抽吧！」他毫不猶豫地抓了其中一根籤。

「我是『Sky Fish』經紀公司的入井正和，十八歲，請多多指教。那我要抽囉。就賭這根籤吧！來看看我的角色是……唉呀，不知道是好是壞！」

他邊喊邊秀出籤，上面寫著目前還不知道是犯人還是被害人的劇中人物名字。的確不知道是好是壞。入井很明顯地垂下肩膀，倒在沙發上。

多虧他的壯烈犧牲，第二個人很快就出現了。

「我是河見亞希彥。我來自『淺岡娛樂』，比大家年長，二十八歲，請多多指教。」

他報上名字之後抽了籤，上面是第一個被殺死的被害人名字。河見苦笑著回到座位。

坐在河見旁邊的兩人組交頭接耳一番之後，站起來說：

「我叫西野啟一，二十一歲。呃，我隸屬於『藝像企畫公司』，雖然不太了解狀況，不過既然變成這樣，乾脆就從中取樂吧！請多多指教！」

「我叫渡邊奈月，和西野是同一間經紀公司的同屆，二十一歲。請多多指教。好了，我們來抽吧，西野。預備——」

兩人各自抽中第二個與第三個被害人的籤。西野露出鬧彆扭的表情回到座位，渡邊則沒有特別的反應。

到這裡，就知道狀況改變了。

根據滿有名的冷知識，不論以什麼樣的順序抽籤，抽中每根籤的機率都一樣。即便如此，七根籤當中有四根已經消失，剩下三根當中的一根就是偵探角色。這麼一來不可能不去期待了。怎麼辦？要採取行動，還是繼續等候……

正當我在苦惱時，有人先一步採取行動。

從剛剛就一直看著窗外的人站了起來。

那是在巴士上沒有跟任何人交談的男人。

「田井中三郎，十八歲。」

他很簡短地自我介紹之後抽了籤，上面的名字在現階段還不知道是犯人或被害人。田井中把籤塞入口袋，回到位子上，再度專注地凝視窗外。

我和水口面面相覷。

機率是二分之一。

放手一搏吧。

雖然有點早，不過這是今年最後一次試運氣。

「我叫水口弘樹，隸屬於『Sky Fish』經紀公司，今年十八歲，請多多指教。」

我也自我介紹之後，和水口同時抓住籤，用力抽出來。順利抽中偵探角色的是水口，我則是現階段不知道是犯人還是被害人的劇中人物。我開始感到悲哀。難道連運氣都拋棄我了嗎？

就這樣，角色分配都決定了。

河見、西野和渡邊是被害人的角色。

我和入井、田井中是角色類別不確定的灰色地帶。

而水口是偵探。

鐵砲塚真太郎回到大廳中央。

「甄選會從晚上七點三十分開始。在那之前，請大家各自熟讀劇本。可以找人一起對台詞，也可以在自己房間裡專心閱讀，請自由行動。不過晚餐一定要出席。晚餐從六點開始。我要說的就是這些，有沒有問題？」

我舉起手。

「請問，甄選會用的《白色山莊》中途就結束了吧？除了我以外的每個人都是同樣的劇本嗎？」

「一樣。如果你懷疑的話，可以確認看看。」

「為什麼只寫到一半？」

「因為我想要讓你們只憑寫在上面的情報來演。」

「可是這樣的話，就得在不知道誰是犯人的情況下演出了。如果我的角色是犯人，在不知道的情況下演出的話……」

「你們只要演我的劇本就行了。要掌握所有情報才能演戲的想法，根本就太自以為是。你會對我說的話感到生氣嗎？」

「不會，很抱歉。」

我之所以表現出乖順的態度，不是因為不想惹怒劇作家大人。

國外某知名電視劇的劇作家是個極端的祕密主義者，只會透露到中途為止的劇情。有個原本被認為是女主角的劇中人物其實是「一直在欺騙主角的幹練女間諜」。據說當女演員得知這樣的劇情發展而向他抗議時，他便說：「憑妳的演技根本不可能演好幹練的女間諜。既然這樣，什麼都不知道反而剛剛好。」

如果鐵砲塚真太郎和這位劇作家採取相同的態度，那麼我也覺得沒關係。這個業界有多少人，就有多少規則，一一反彈會沒完沒了。

接著輪到水口舉手。

「這次的第二次甄選會，有幾個人會落選？」

「還沒決定。」

「如果所有人都達到合格水準怎麼辦？」

「這不是演員要管的事。」

水口雖然被冷淡駁斥，卻笑容可掬地轉向我們說：「大家聽到了嗎？也就是說，有可能全體都會通過。」

在這個瞬間，我感覺到原本有些僵硬的氣氛頓時變得輕鬆。看來王子還有體諒民眾感受的從容態度。我再度感到悲哀。

角色分配完畢，在晚餐之前就暫時先解散。我們拿著劇本，立刻回到自己房間……不，只有一個人坐在座位上沒有動。這個人就是田井中。他依舊看著窗戶。我感到在意，便同樣地望出去，但只看到一片雪景。

4

接下來　陸續　會有人　消失

便條紙上以彷彿用尺畫線的文字，寫著這樣的句子。正在吃晚餐燉牛肉的我不禁停下了手。

「這是什麼？」

「大概是『殺人預告信』吧。是我發現的。呵呵，得小心不要被殺掉才行。」

河見或許是在開玩笑。《白色山莊》當中也有非常類似的情景。在晚餐時間發現「殺人預告信」的，就是河見飾演的劇中人物……也就是第一個被害人。

「你是在哪裡找到這種東西的？」

「在電視櫃上。《白色山莊》裡是放在電話台上，所以大概是想要稍微表現出獨創性吧。」

「會不會是之前住宿的客人留下來的？」

我提出假設，但是被鐵砲塚真太郎否定：

「不可能。這家民宿是在開始營業前勉強拜託主人開放的。之前沒有人住宿在這裡。當然如果說是去年的客人，又另當別論。」

說到這裡，他似乎發覺到自己被懷疑，便辯解說：「不是我做的。我沒有這方面的興趣。」

「這麼說，就是我們當中的某個人幹的囉?好可怕。」

西野雖然這麼說，卻似乎樂在其中。

「剛好可以作為甄選會之前的練習。河見，可以說明一下發現『殺人預告信』的狀況嗎？」

渡邊似乎也覺得眼前的狀況很有趣，嘴角泛起笑容。

「時間大概是五點多吧。我原本在房間裡讀劇本，後來因為想要看電視，下樓到大廳，就發現這個。決定角色分配的抽籤是在四點半左右結束，所以放置的時間應該是四點半之後、五點多之前。」

「這件事你告訴了誰？」

「我先告訴柏崎先生和鐵砲塚先生。柏崎先生只說『真是辛苦了』，鐵砲塚先生的反應，大概就和大家現在看到的一樣。」

「也就是說，柏崎先生以為是鐵砲塚先生做的，也就是第二次甄選會用的道具。」

「我不服氣，又不是我做的。」

鐵砲塚真太郎哼了一聲。

渡邊主導現場。

「有沒有人在河見之前發現『殺人預告信』……沒有嗎？那麼接下來，請大家各自提出自己的不在場證明。下午四點半解散之後，直到發現『殺人預告信』的五點多之前，大約三十分鐘的時間內，你們在哪裡做什麼。」

就這樣，大家開始提出不在場證明，不過在抽籤結束回到二樓之後，一步都沒有踏出自己房間的，好像只有我一個。身為主人的柏崎先生和打工的久保當然都會出入大廳，和我們一樣房間在二樓的鐵砲塚真太郎也說他到過一樓。這麼一來，除了我以外的所有人都沒有不在場證明……等等，還有一個人。

還沒有聽田井中的證詞。

「田井中，你呢？角色分配決定之後，只有你一直留在大廳吧？」

渡邊問他，他便立即回答「忘記了」。

「可以請你想起來嗎？」

「我在大廳待了一陣子，後來就回到房間。」

「你記得是什麼時候嗎？」
「我沒有特地去看時鐘。」
田井中也沒有提出不在場證明。
這時我發現水口沒有參與討論。
他只是默默把燉牛肉送入嘴裡。
他會不會覺得去想這些問題也沒用？或者認定這是鐵砲塚真太郎做的？以常識來思考，這的確應該是鐵砲塚真太郎的低級趣味演出，而大家雖然沒有說出口，但似乎也都有同樣的想法。
這時突然傳來很大的喀嚓喀嚓聲，只見全身溼透的柏崎先生和久保衝入大廳。他們直接奔向暖爐前方，宛若掉到池子裡的小鹿般發抖。
柏崎先生對我們說：
「各位，很抱歉這麼匆忙。晚餐吃過了嗎？雖然是很簡單的燉牛肉料理，不過味道應該不錯。事實上，我本來想要用生蘑菇而不是罐頭，可是因為下雪，沒辦法準備食材……」
「這不重要。更重要的是，你們怎麼全身都溼透了？發生什麼事了？」
入井以驚訝的表情問他。
「一樓的浴室壞掉了，所以我剛剛和久保一起去修理熱水器，結果水突然滿出來，就變成這樣了。請別在意，享受晚餐吧。哦哦，好冷好冷……啊，抱歉，我們先去換個衣服。」

柏崎先生和久保走入後方的房間。

兩人的對話傳到我們耳中。

「電話壞掉了……打工費要泡湯了……」

「真抱歉，久保。我會另外支付修理費的。」

「裡面的檔案……我的記憶卡……」

因為發生了這件事，「殺人預告信」的事不知不覺就被遺忘，晚餐桌上談論著其他話題。

是雪。

持續下著的雪越來越大，此刻已經變成暴風雪。

我因為生長在東京，光是聽到暴風雪就有點興奮，不過雪國出身的入井則冷靜地望著窗外說：「這樣看起來不太妙。」

「那個……外面的情況怎麼樣？」

我感到不安，便詢問換好衣服回到大廳的柏崎先生。

「外面是暴風雪，今天大概沒辦法出門。」

「真的變成《白色山莊》了。」
鐵砲塚真太郎說。

5

「我不想繼續跟你們一起待在這裡。我要回到二樓的房間，誰都不准跟來。」
「你從剛剛就這樣，到底怎麼了？」
「根據我的想法，這些人當中有個傢伙想要殺人。」
「請不要開玩笑。」
「我不打算跟你們在一起。我要自己一個人待在房間。反正放心吧，就算是犯人，應該也沒辦法一次對付這麼多人。」
「說犯人太誇張了吧……」
「不，等等。其實我也有相同的想法。」
「什麼？」
「在這當中有人心懷不軌。就在我們滑雪社社員當中。」

晚上七點三十分。

第二次甄選會開始，我們七人扮演被分配到的角色。

《白色山莊》只不過是為了甄選會而寫的作品。勉強要指出特色的話，就是可以找到和《暗黑偵探　現場懸疑劇》之間的共通點。舞台劇原著是偵探之間的推理競賽漫畫。被害人和犯人都是偵探，每個劇中人物都陳述自己的理論，因而陷入推理螺旋，真相變得越來越模糊。這一點在《白色山莊》中也一樣。內容雖平凡，不過全體滑雪社社員進行推理之後反而更加遠離真相的不安氣氛，具備了鐵砲塚劇本特有的驚悚特質，所以我演得滿樂在其中的。

「總之，讓我一個人獨處吧。我可不想和準備殺人的傢伙一起守夜！」

河見奔上樓梯。

過了片刻，聽到門粗暴地關上的聲音。

「好。大廳的場景到此為止。接下來總算要發生第一起殺人事件了。」

鐵砲塚真太郎滿意地點頭。這時入井對他說：

「可以問一件事嗎？」

「不可以。」

「這次甄選會，誰比較可能被選上呢？」

「基本上，你現在問這種問題，就已經失去資格了。不過我可以理解你們對如此特殊的甄選會感到不安，所以就破例回答你吧。各位表現得都很好。二・五次元的演員也不壞。」

這時渡邊說：「鐵砲塚先生，你這句話有點高高在上的感覺。你們那邊的業界才多得是學生心態的演員吧？」

「我記得你原本也是現代劇出身的。」

「是的。因為沒有工作，所以就轉到這裡了。」

「你說的也有道理。學生心態這種病深植在每一個角落，所以我才會對二・五次元舞台劇產生興趣。我想要仔細觀察在自己不知道的地方認真活動的人。」

「鐵砲塚先生參與二・五次元舞台劇，就是為了這個理由嗎？」

「不，我是……」

這時大家聽到慘叫聲。

聲音來自河見，應該沒什麼好驚訝的。因為依照劇本，河見飾演的角色接下來會遭到殺害，揭開連續殺人事件的序幕。也因此，我們原本想要很自然地接受這聲慘叫，但是失敗了。

剛剛的慘叫聲具有奇妙的震撼力。

戲劇當然會追求真實感，不過並不是演得很逼真就行了，重要的是符合各自世界觀的真實感。譬如在二．五次元舞台劇，角色頭髮會有紅色、金色等非現實的顏色，觀眾卻能夠接受，這是因為「配合原著」。在戰爭場景突然唱起歌也具有真實感，是因為「那是音樂劇」。日本演員飾演外國人也不會感到不自然，是因為「舞台背景是外國」。就像這樣，在不同的框架之下，不同的演技就會各自具有真實感。

這齣《白色山莊》是沒有歌舞的懸疑密室劇，然而河見的慘叫聲脫離了這樣的框架。不知該說是演得太過火或是太逼真，總之就是不符合舞台的色彩。姑且不論知名度，二十八歲的河見在演員這一行已經累積了一定的資歷，很難想像他會犯下這麼簡單的錯誤。

我們懷著奇妙的不安，判斷河見仍舊在演戲，前往二樓。

「不要緊嗎？」

我邊飾演自己的角色邊敲門。

沒有回應。

這點和劇本相同，因此沒有問題。

然而在這之後，卻發生了劇本所沒有的情節。

門鎖上了。

「那個……門被鎖上了。」

我停止演戲這麼說。

「鎖上了?他在做什麼?只有三流演員才會即興演出。」
「怎麼辦?」
「還能怎麼辦?去叫柏崎老闆來開門。」
鐵砲塚真太郎氣憤地走下樓梯。
不到三分鐘,柏崎先生便拿著萬能鑰匙過來。
柏崎先生打開門。
室內漆黑一片。
「大家在這裡等一下。我去罵罵他。」
鐵砲塚真太郎毫不猶豫地走進房間。
我想起電燈,從門的旁邊伸手去開燈。

房間裡沒有人。

除了放在桌上的《白色山莊》劇本和應該是屬於河見的包包,其他什麼東西都沒有。河見的房間跟我們一樣,大概五坪大,簡單的室內只有床和書桌。可以躲的地方大概只有衛浴間、床下或衣櫃裡,然而檢查過這些地方都沒有看到河見的身影。剩下的可能性只有一個,然而鐵砲塚真太郎就站在那裡，說出決定性的句子：

「窗戶是鎖上的。」

仔細看窗戶，的確是鎖上的。

這扇窗戶應該不可能從外面鎖上。

戶外颳著暴風雪，更重要的是這裡又是二樓。

「河見……在哪裡？他到外面去了嗎？」

我用呻吟般的聲音喃喃問。

「在這種暴風雪的天氣裡？從二樓？現在正在進行甄選會不是嗎？」

入井提出的都是理所當然的質疑。

空調仍舊開著，室內也很溫暖。

這是剛剛還有人在的狀態。

在這當中，河見消失了。

從密室消失。

只留下慘叫聲。

6

接下來當然展開了搜索。「河見發出慘叫聲之後離開房間、鎖上門，不知躲到哪去了」——基於這個暫定的結論，我們開始搜索二樓。河見為什麼要這麼做？這個根本的問題雖然沒有解決，不過這一點只要找到他之後再詢問本人就行了。我們找過走廊和工具間，但是都沒有找到河見。

渡邊提議：「去找其他客房吧。」

西野說：「沒用吧？大家應該都鎖了門。」

「也許有人沒鎖門。而且河見可能事先打開房間的鎖，躲在裡面。」

「他為什麼要這樣做？」

「總之先去找找看吧。」

河見有可能趁大家進入同一間房間時逃跑，因此由渡邊、鐵砲塚真太郎和入井三人看守走廊，我、水口、柏崎先生、西野和田井中五人一間間檢查客房。然而搜索工作一無所獲。

這樣就只剩一樓了，但是河見不可能會到那裡。

連結一樓與二樓的樓梯只有一處，走下樓梯就是大廳，而我們就在那裡進行甄選會。

即便如此，河見確實不在二樓，因此我們走下樓梯到一樓，看到久保正在打掃大廳。

柏崎先生問他：

「久保，你有沒有看到河見下樓？」

「沒有。我沒有看到任何人。」

「你從什麼時候開始打掃這裡？」

「大家都到二樓之後，我心想剛好可以趁現在來打掃……請問發生什麼事了？」

「河見不見了。」

這回包含久保在內的九人開始搜查一樓。

一樓除了大廳、廚房、辦公室、浴室，另外還有幾間房間，因此可以躲藏的地方比二樓還多。我和水口前往浴室。放置打掃用具的置物櫃和大浴缸裡，都沒有看到河見。浴室的窗戶也是鎖上的。

我走出浴缸，看到水口蹲在熱水器前方。

「水口，怎麼了？」

「熱水器好像修好了。」

「現在不是說這種……」

慘叫聲傳來。

這是柏崎先生的叫聲。

我們衝到廚房，看到柏崎先生僵立在那裡。

「大家的手機不見了。我明明放在這裡。」

根據柏崎先生的說法，他保管我們的電子用品之後，原本藏在廚房的收納櫃，但不知什麼時候不見了。

「你最後看到是在什麼時候？」

水口詢問他。

「我不太記得了，不過煮飯的時候應該還在……啊，電話！」

柏崎先生衝出廚房，我們也跟在後頭。柏崎先生檢查了放在大廳的室內電話，喃喃地說「電話線被切斷了」，並伸手拿起被切斷的電話線。看到如此明顯的惡意，我雖然感到毛骨悚然，不過反正還有柏崎先生的手機可以用。

於是我問了柏崎先生，他卻說出意想不到的話：

「我到這裡的時候沒有帶手機。因為我想要體驗置身荒野的感覺……」

「電腦之類的呢？」

「我記帳都是手寫。」

「怎麼會這樣……」

我望向窗戶。

風雪更加強勁，激烈地打在窗戶上。

「電話怎麼了？」

鐵砲塚真太郎走過來，我們便告訴他電話線被切斷的消息。「真傷腦筋。我是堅持不帶手機的。」他竟然說出令人遺憾的宣言。

這麼說，犯人事先知道兩人不帶手機，因此奪走電子用品……咦？我剛剛想了什麼？犯人？

我們被犯人封鎖在「白色山莊」裡面。

河見依舊下落不明。

我們也看過了柏崎先生和久保的房間，還是沒有找到他。

這時我們想到還有一間房間沒有找過。

廚房旁邊還有一扇房門，但柏崎先生彷彿是在刻意迴避這個房間。

我問他：「為什麼不調查這間房間？」

「這裡……不相關。」

「沒有找過，怎麼知道相不相關？」

「這裡是禁止進入的房間。」
「禁止進入的房間？」
「這扇門即使用萬能鑰匙也打不開，所以沒有人能進去。知道了吧？」
這間房間的門把形狀的確不一樣，但應該也不能因此就不去檢查。不過因為柏崎先生的反應異於尋常，因此也沒人敢追究。
「大家先在大廳待命。我和柏崎老闆、還有久保再去找找看。如果有任何異狀，就立刻告訴我們。」
在鐵砲塚真太郎的命令之下，我們聚集到大廳。
沉默的大廳裡，只聽見時鐘的滴答聲，以及狂風吹拂的聲音。
過了一陣子，久保走過來。我剛好和他視線交接，他便問了我奇妙的問題：
「請問，有沒有看到老闆和鐵砲塚先生？」
「沒有，怎麼了？」
「……我到處都找不到他們。」
繼河見之後，鐵砲塚真太郎和柏崎先生也消失了。

接下來　陸續　會有人　消失

我想起「殺人預告信」上寫的文字。
陸續，就是接連不斷的意思。
也就是說，事情還不會結束。

7

河見消失了。
柏崎先生消失了。
鐵砲塚真太郎消失了。
電子用品不見了，電話線也被剪斷。
即便如此，水口竟然還說：
「繼續進行甄選會吧。」
我不禁大吃一驚。
西野從沙發站起來說：

「喂，你是認真的嗎？想想看現在的狀況吧。現在不是搞甄選會的時候。遇到這種情況，怎麼還能繼續演《白色山莊》？我們得去找消失的人……」

「我們不是找過了嗎？可是沒有找到半個人。」

「的確是這樣。」

「那麼接下來該怎麼辦？在巴士來接我們之前，大家一起玩撲克牌嗎？」

「……對了，巴士的情況怎樣？」

我們想起巴士會來迎接的事，便將視線投向久保。柏崎和鐵砲塚真太郎消失之後，知道詳細時間表的人只剩下久保。

久保用與身材不相稱的細微聲音回答：

「巴士原本預定明天中午過後到達……不過看這樣的天氣，可能很難過來了。暴風雪太大的話，開車會很危險。啊，不過不要緊，民宿裡面有很多食物。就算停電，食物應該也不會馬上壞掉。」

停電。

這個詞激起了我的危機意識。

「久保，斷路器在哪裡？」

我詢問他，說話速度變得很快。

「呃，在辦公室裡面。」

「請立刻鎖上辦公室的門。還有，請所有人都不要接近辦公室。」

「小麥，你怎麼了？」

入井眯起一隻眼睛。

「如果犯人在斷路器動手腳就糟了。」

「犯人？」

「我們現在有可能被捲進犯罪事件。那三個人有可能都被犯人帶走了。」

「什麼？喂，小麥，冷靜點！這應該也是甄選會的一部分吧？咦……不是嗎？」

我不知道。

就如入井所說，這有可能是第二次甄選會的一環，有可能打從一開始就是經過計劃的情節，然而也有可能不是。那三人被捲進某種犯罪事件的可能性絕對不是零。

我沒有回答，入井便有些不安地苦笑。「不會吧？這絕對是整人遊戲。大家應該也都這麼想吧？」他向大家徵求同意。

水口點頭說：

「我同意入井的看法。不過這不是整人遊戲，而是甄選會。或者應該說，從現在這個瞬間，甄選會就開始了。也許從現在起才是正式的甄選會。」

「有任何根據可以證明這是甄選會嗎？」

「小麥，我沒有根據，不過要提根據的話，你主張的『犯人』也沒有根據吧？那個犯人究竟是誰？為了什麼目的要做這種事？」

「我不知道，不過那三個人消失、還有更早之前出現『殺人預告信』，都是確定的事實。從這兩件事實來看，就算認為發生了犯罪事件也不奇怪吧？」

「那三個人消失，還有『殺人預告信』，都是鐵砲塚先生為了甄選會安排的——這樣想比較正常吧？」

「我只是想知道這是甄選會的根據……」

「沒錯，不論是『甄選會假說』或『事件假說』都缺乏根據。兩種假說在沒有根據這點，都是一樣的。不過要說哪種比較合乎常識，絕對是『甄選會假說』。這點你也明白吧？」

「我明白，可是還是很奇怪。演員和劇作家都在中途消失，很難想像會有這麼奇怪的甄選會。」

「我們之所以會在這間民宿，是因為被鐵砲塚先生騙了。從一開始就已經很奇怪，接下來不論遇到什麼超乎常識的事情，也不令人意外。」

「我也贊同『甄選會假說』。」

連渡邊都表示贊成，於是我立刻反駁：

「可是既然是這樣，為什麼連鐵砲塚先生都不見了？劇作家不在，沒辦法進行甄選會吧。」

「鐵砲塚先生之所以消失，是為了營造『無法判別是甄選會還是異常狀況』的模糊狀態。」

「為什麼要這麼做？」

「想找理由的話，隨便想都可以想到一堆。比方說，讓我們這些演員因為猜疑而陷入混亂、藉此看到更深層的部分之類的。」

「鐵砲塚先生本人不在場，要怎麼觀察？」

「不知道。也許他在民宿的某個地方設置了針孔攝影機。」

「哪裡都沒有看到針孔攝影機。」

「既然是針孔攝影機，當然是藏起來了。」

「太超乎現實了吧？」

「這年頭連空拍無人機都能在電器用品店買到了，針孔攝影機根本不算超乎現實，反倒是把它當成『事件』來看比較超乎現實吧？」

「我並不是要強迫大家接受我的意見，只要你能提出這是甄選會的根據，我也不會繼續反駁。」

「我倒要反過來問你，你為什麼不認為這是甄選會？」

「因為河見消失了。如果這是甄選會，和鐵砲塚先生一起消失的柏崎先生就是共犯。提供民宿這個舞台的是柏崎先生，所以這點並不奇怪。久保也可能是共犯。」

「我、我只是來打工的……」久保連忙搖頭。

「可是，難道河見也是共犯嗎？河見是演員。他如果協助鐵砲塚，等於是錯失了寶貴的甄選機會。」

這個問題如果無法解決，我就無法接受「甄選會假說」。

渡邊環顧眾人，然後問：「這裡面有人聽過河見亞希彥這個演員嗎？」

沒有人回答。

「我在想，會不會根本沒有河見亞希彥這樣的演員。姑且不論在這個業界資歷還很淺的我，在場所有人都不知道的話，也許根本就沒有這樣的演員。搞不好是鐵砲塚先生為了營造這個舞台，特地找來的假演員吧。」

現在的我們沒有辦法立刻上網搜尋，因此無從調查河見是不是真實人物。

水口露出微笑說：

「大家都是一夥的。消失的三個人是同夥，抽籤也有動過手腳，讓河見可以抽到第一個被害人的角色。對不對，久保？」

「等、等一下，我什麼都……」

「只要有這些共犯，河見就能輕易像一道煙一樣，從密室狀態的房間消失。飾演第一個被害人的河見依照劇本前往二樓，然後從外面鎖上自己房間的門，躲在走廊的工具間發出慘叫聲。我們聽到之後前去搜查他的房間，他就趁機前往一樓。鐵砲塚和柏崎更簡單。當時鐵砲塚要我們在一樓等候。三名共犯……鐵砲塚、柏崎和久保在這段時間內，就可以在民宿內自由活動，隨便要做什麼都可以。好了，久保，你該告訴我們真相了吧？」

水口簡直就像被偵探附身般，滔滔不絕地說話。

被逼到絕地的久保沒有反駁也沒有招供，而是說出意外的話語：

「我真的什麼都不知道。我是今天才第一次見到柏崎。」

簡單地說就是這樣——久保在大約一星期前得知「冰雪葛里克」民宿臨時招募打工人員，因此就打電話並獲得錄取。久保是第一次來到這家民宿，也是今天早上才見到老闆柏崎，工作內容也是當時才聽說的，只知道是為了配合甄選會，要在營業日前提早開放民宿，因此需要人力來幫忙，至於其他事情，他完全不知道。

久保繼續說：

「而且如果說我是犯人，那麼到底把消失的那些人帶到哪裡去了？」

「調查禁止進入的房間就知道了。」

這時聽到另一個聲音。

說話的是田井中。

他原本連討論都沒有參加，一直望著窗外，此時卻看著我們。

久保困窘地說：

「可是那扇門沒辦法用萬能鑰匙打開，而且我不知道鑰匙在哪裡……」

「直接破壞門就行了。」

「破、破壞？怎麼可以……」

「我來破壞。」

「……我去找找看鑰匙。」

久保拖著沉重的步伐前往辦公室。

田井中承受所有人的視線，不自在地瞇起眼睛，只說：「怎樣？」

不久之後，久保拿著一串鑰匙回來，將每一把鑰匙插入鎖孔測試，終於打開了禁止進入的房間。

所有人都衝進去。

「咦？」

我發出疑問聲。

消失的三人有可能在這裡——

這樣的期待遭到背叛，我們則面對新的謎團。

禁止進入的房間裡，到處擺放著凱蒂貓、美樂蒂兔子、另外還有我不認識的布偶。窗簾是圓點狀花紋，床單是淡粉紅色，兒童用書桌上放著小學高年級左右女生的照片。抽屜裡裝滿了筆、橡皮擦、小珠子等，打開抽屜櫃，裡面有睡衣和內衣。

我全身冒出黏膩的汗水。

這到底是怎麼回事？

為什麼民宿裡會有這樣的房間？

「這、這裡是怎麼搞的？感覺有點恐怖耶。這是誰的房間？」

入井的聲音在顫抖。

我說：

「會不會是柏崎先生……女兒的房間？」

「女兒嗎？希望是那樣。」

「什麼意思？」

「搞不好是被綁架到這裡，然後一直被關在這間房間……」

「不要說那麼恐怖的話。」

「本來就很恐怖！」

「雖然不知道這間房間是誰的，不過房間的主人看樣子好像已經過世了。」

水口探頭到衣櫃裡。

裡面設置著簡樸的佛壇。

也放了遺骨與遺照。

遺照中的女孩面帶笑容。我看到之後彷彿得了急性腸胃炎般，肚子開始疼痛。

「原來沒有人躲在這裡面。接下來就去搜索劇作家的房間吧。」

田井中冷靜地說。

「鐵砲塚的房間？為什麼現在還要去搜索？」我問他。那裡應該已經搜索過了。

「之前忘了一件事。」

田井中依舊冷靜地說。

我們離開禁止進入的房間，前往二樓，由久保打開鐵砲塚真太郎的房門。進入房間之後，田井中把旅行箱翻過來。

不論怎麼找，都找不到《白色山莊》的後續。

這到底意味著什麼？劇本被偷了？一開始就沒有寫那種東西？不論如何，都不是很愉快的發展。

8

到頭來，不論是禁止進入的房間、久保的參與程度、《白色山莊》的劇本剩餘部分、消失的三人行蹤，都沒有得到答案，不過由於這很有可能是鐵砲塚真太郎設計的第二次甄選會，而且被大雪封閉的民宿中沒有其他事情可做，再加上如果不集中精神在某件事上感覺腦筋會變得不正常，因此大家決定在稍作休息之後，重新開始進行第二次甄選會。

聽到這個結論，我沒有反駁，只是聳聳肩。這是因為我判斷，如果第二次甄選會真的仍舊在進行，而鐵砲塚真太郎又利用針孔攝影機窺探我們，那麼一直表現出惡劣態度對我不利。或許是因為太過意識到這一點，我的動作有些太過誇張。

我回到自己房間鎖上門，想要閱讀《白色山莊》的劇本，但注意力立刻中斷，不自覺地就想要拿出手機來看，這才想起手機不在身邊。我望向牆上的時鐘，看到現在是晚上十點。才十點？時間流逝的緩慢程度讓我感到難以承受。我放棄閱讀劇本，努力想要去思考其他事情，卻不知道該思考什麼。不只是今天，不論在什麼時候，我都不擅長獨自一人整理思緒。

於是我離開自己房間，去敲水口的房門。

「誰？」

「是我。」

「我就覺得小麥可能會過來。請進，抱歉沒什麼好招待的。」

我進入房間，坐在床的一角。

水口似乎真的不打算招待我。他邊讀劇本邊在室內繞圈子。我產生懷念的感覺。幾年前，當我們兩個都還沒沒無聞的時候，我看過好幾次這樣的光景。當時我們常常一起參加甄選會，就會看到水口邊讀劇本邊在走廊上徘徊。

「你在背書的時候，還是像這樣走來走去。」

「很像動物園裡的老虎吧？這是我的習慣。」

「你這麼熱心閱讀劇本，表示你還是相信『甄選會假說』嗎？」

「小麥，你還在討論這種事情？我還以為你有別的事要來找我。」

「別的事？」

「我以為你想要來問我突破這次甄選會的方法。」

「突破方法……有那種東西嗎？」

「你還真悠閒。」

水口顯得和平常不一樣。不知該說是神經質，或者該說是不夠從容。然後我還是覺得……有點懷念。這時我發覺到，最近我看到的水口都是在舞台上華麗演出的姿態，而不是像這樣樸實地接受甄選的模樣。現在的我和水口立場相同。也就是說，水口把我當作對手。這一點讓我感受到類似喜悅的情感。

甄選會對演員來說，就像果實一樣。

只要得到這個果實，就會開啟許多扇門，周遭的一切也會開始運轉。懂得抓住時機的人，就能得到一定的地位與名譽。

水口一開始沒有受到任何人矚目，甄選也老是被刷下來。

因為他當時壞掉了。

就像一隻從渴求理解或好評的欲望中解放的白天鵝……或者黑天鵝，只想表現自己的水口演技當然不會受到好評。

然而現在水口一百八十度改變了姿態，簡單易懂地綻放光芒，簡單易懂地舞動著，結果獲得眾人的好評。我對此有千言萬語想要說，卻一直無法告訴水口。

水口接著問：

「小麥，你還是認為真的有犯人存在？」

「畢竟沒辦法完全排除這個可能性。」

「你認為偷走鐵砲塚先生劇本的，也是那個犯人？」

「不，就算真的有犯人，我也不知道那傢伙偷走劇本的理由。我猜《白色山莊》就只有交給我們的部分。鐵砲塚先生一開始就沒有完成劇本。水口，你可以聽我說嗎？」

「你要說什麼？」

「犯人會不會是柏崎？」

「你是指，是他單獨一個人幹的？」

水口看著我，似乎首度產生興趣。

「柏崎聽鐵砲塚先生談起甄選會的計畫，就利用它來計劃事件。這樣想的話，就可以說明很多事情。等於是把『甄選會假說』和『事件假說』融合在一起。」

「融合——這種想法似乎也說得通。」

「依照原本的計畫，鐵砲塚、柏崎、河見、久保這四人會在甄選會當中消失，營造出『不知道是甄選會還是異常事件』的狀況。」

「這是渡邊的假說。」

「就像你說的，角色分配的抽籤動了手腳，讓河見抽到第一個被害人的角色。然後一開始就依照計畫，河見消失了。他大概是躲在禁止進入的房間裡。柏崎先生之所以拒絕打開，是因為當時河見就在裡面。」

「嗯～這樣太危險了吧？當時如果大家更強烈地要求，他大概就只好打開禁止進入的房間。」

「他可以找些適當的藉口迴避，像是鑰匙弄丟了之類的。」

「大家搞不好會要求把門撞破。當時只是剛好沒事，不過躲在禁止進入的房間應該不是太聰明的做法……總之，姑且假設河見躲在禁止進入的房間好了。小麥，從哪裡開始是柏崎的單獨犯罪？」

「在那之後就是了。柏崎殺死了躲起來的河見和鐵砲塚。」

「講到殺人，就算是假說也太嚴重了一點。」

「的確。」

「為什麼沒發現兩人的屍體？」

「因為丟到外面了。這麼大的風雪，屍體馬上會被雪埋起來，而且沒有人會去外面搜索。雖然不知道要放在外面多久，不過至少在暴風雪結束之前都很安全。」

「可是為什麼要殺人？」

「我猜，柏崎、鐵砲塚、河見和久保四人原本就認識。動機是那個原本住在禁止進入的房間的女孩。那個女孩的身分不明，有可能是柏崎的女兒，也可能是四人綁架之後監禁在民宿裡。不論如何，為了那個女孩，四人之間起了爭執。」

「什麼樣的爭執？」

「如果是柏崎的女兒，大概是因為不小心的意外害她死掉了；如果是綁架來的，或許是有人想要向警方自首，因此起了爭執。於是柏崎為了向奪走女兒生命的人報仇、或是為了滅口，到處殺人……我想到這樣的情況，你覺得呢？」

「這麼說，接下來的目標就是久保？」

「如果我的假說正確的話。」

這一切當然只是妄想，不過我想要告訴水口，這樣的想法也是有可能的。我希望他理解，無條件相信「甄選會假說」很危險。

「這只是妄想而已。」

也因此，即使受到這樣的指摘，我也不會感到生氣，甚至覺得他說得沒錯。

「小麥，你剛剛說的話沒有任何證據，只是硬湊起來而已。難道事前能夠預測到這場大雪會把我們困在這裡嗎？如果柏崎想要殺死另外三個人，他沒有必要特地選在甄選會的時候進行吧？」

「……」

「如果可以隨便妄想的話，我也可以來編一個：那間禁止進入的房間裡住的女生，其實是柏崎的妹妹。雖然表面上當作已經死了，但事實上還活著，住在這間民宿地下室的祕密房間裡。那個女生有很嚴重的殺人癖好，一再像這樣抓走住宿的客人，把他們關在祕密房間裡拷問。小麥，你覺得我說的是妄想吧？你也應該知道，你的說法就跟我說的一樣荒謬。你要相信『事件假說』是你的自由，不過別想要強迫別人……」

這時我們聽見慘叫聲。

「水口，你覺得這也是甄選會的一部分嗎？」

「嗯～我們先去看看吧。」

9

我雖然嘴裡說「有可能發生了殺人事件」，不過並沒有真的很緊張，也覺得無論如何大概還是甄選會。然而如此天真的想法完全消失了，是因為我知道發出慘叫的人是入井。

我和水口衝到走廊上，其餘演員——渡邊、西野、田井中三人——都站在入井的房間門口。我遲鈍的心臟這時才開始劇烈跳動，先前對水口大談殺人事件的嘴巴在顫抖。

為什麼是入井？

入井和「甄選會假說」或「事件假說」都無關。

「入井，喂，怎麼了？」

水口敲門，但沒有回應。他想要打開門，但門被鎖上了。

和河見當時的情況一樣。我產生不好的預感。

「鑰、鑰匙在這裡……」

我看到久保取出萬能鑰匙，幾乎反射性地說：「我來開門。」

「可是我不能讓外面的人來……」

「我來開。請借給我。」

「喂，你有權力來開門嗎？」

渡邊直視著我。

「當然。只有我具備『殺人預告信』相關的不在場證明。」

「誰能證明那種事？」

「雖然沒辦法證明，可是相較於到這個地步還相信『甄選會假說』的你們，我應該更值得信任吧？」

「不要浪費時間爭論，隨便你吧。」

「久保，請借我萬能鑰匙。」

我提出要求，久保雖然顯得不情願，還是把萬能鑰匙遞給我。我為了謹慎起見，先轉動門把確認門是鎖上的，然後懷著忐忑不安的心情打開門鎖，輕輕開門，從門縫窺視室內。

裡面是一片漆黑。

「……我先進去，請大家跟在我後面。大家都進來之後，請把門鎖上。」

我打開燈，進入入井的房間。

室內沒有被弄亂的痕跡，空調也開著。

果然和河見消失的時候一樣……不對。

只有一個地方不同，卻是關鍵性的差異。

窗戶沒有上鎖。

摸摸窗戶周圍，稍微有點溼。也許是雪飄進來了？

我連忙打開窗戶，在狂風暴雪中很勉強地觀察窗戶下方，但只看到白色的暗影，什麼都看不到。

「啊，請用這個……這是為了預防停電帶的。」

久保把手電筒遞給我。

時機會不會太巧了？我雖然在意，但沒時間思考。

我打開手電筒，照射窗戶下方。

雖然看不太清楚，不過在光線形成黃色圓圈的雪面上，似乎有些許凹陷。

「嗯？那裡陷下去了！」

「他該不會是跳下去了？」

我請西野和渡邊來確認，他們便紛紛表示意見。

沒有錯。

入井是從窗戶跳到外面的。

理由不清楚。

那就只能問他本人了。

「去找入井吧。從聽見慘叫聲到現在，還不到五分鐘。現在去找，應該還……」

「要去外面找他？這麼大的暴風雪，出去一定會遇難！」

西野高喊。

「只是在民宿周邊找而已。如果沒人要去，我一個人……」

水口把手放在我的肩上，對我說：

「冷靜點，我也會去找入井。不過在那之前，必須再調查一下這間房間。」

「可是入井……」

「那就這樣吧，小麥，你先去，我來調查這裡。如果什麼都沒有，我再跟過去。」

「小心點。」

「你也一樣。」

在簡短地討論過後，決定由我、渡邊和西野到外面搜尋，水口、田井中和久保調查房間。如果發生狀況，就大聲告知彼此。做完如此粗略的決定後，我們三人穿上外套，打開大門。

颼——

超乎想像的風和橫向打來的雪襲向我們。

我走在前頭，後面依序跟著西野、渡邊，手扶著牆壁，踏出步伐準備繞行民宿一周。原本擔心只憑手電筒和民宿透出來的光線是否能夠行動，不過老實說根本不是這種問題。劇烈的暴風雪、以及細針刺入全身般的疼痛，讓我們連頭都抬不起來。我們互相應和，確認彼此的存在，硬著頭皮沿著沒有路的道路前進。我從來沒想過雪竟然會如此暴力。與其說冷，不如說很痛，能見度也非常差，宛若被厚重的牛奶色帷幕遮蔽。

我們在連一公尺前方都看不見的情況下向前走，總算來到入井的房間正下方。剛剛看到的凹陷不知是因為被雪掩埋、或是因為能見度太差，已經找不到了。即使用手電筒照射，也因為持續吹拂的雪阻礙而看不清楚。我聽過「白矇天（whiteout）」這個詞，不過此刻才首度理解那是什麼樣的狀況。如果沒有摸著民宿的牆壁，我們大概真的會遇難。

「回去吧！」

我聽到渡邊大吼。

「可是還沒找到入井。」

「繼續找的話，連我們都會失蹤！」

也許沒錯。

我們沿著原路——雖然是沒有路的道路——退回，打開大門，跌入玄關裡面。

沒有找到入井。

他到底消失到哪裡去了？

「那麼大的暴風雪，就……就算想要走遠也不可能。」

西野邊喘氣邊說。

「入井為什麼要從二樓跳下去？」

我脫下溼透的外套問。

「誰知道？他大概是找到某個人，或者是被某個人追趕。」

「某個人是誰？」

「會不會就是你說的犯人？唉，可惡，真是莫名其……」

「安靜點。好像不太對勁。」

渡邊簡短地說。

「不太對勁？哪裡不對勁？」

「太安靜了。二樓那些人怎麼了？」

的確，太安靜了。

二樓沒有一丁點聲響。

彷彿沒有人在那裡。

「怎、怎麼回事……真是莫名其妙。」

就如西野說的，我們完全搞不懂這是怎麼回事。即使去思索接下來的各種可能性，下一個瞬間就會被推翻，碰上不曾預期的大轉折。被大雪封閉的這間民宿陷入混沌當中。這是任何預期或預測都無法適用的混沌狀態。我們被它吞噬，最後所有人都會消失。

在此只陳述事實。

久保倒在二樓，水口和田井中都不見人影。

10

「大家當時正在搜索房間。我一打開衣櫃，就好像有東西飛過來，重重地打擊我的頭部。然後我就失去意識……」

躺在大廳沙發上的久保宣稱自己的頭部遭到打擊，但是只有額頭稍微變紅，不論是誰看到都會說「沒有生命危險」。即便如此，久保本人還是一副很痛苦的樣子，躺在沙發上用手按著頭。

「這麼一來就很清楚了。這不是甄選會。」

渡邊如此宣告。

「那、那是怎麼回事？難道有殺人狂躲在這間民宿？」

西野顯得相當畏懼。我也跟他差不多，很想要窩在房間裡鎖上房門，但卻不能這麼做。

因為連水口和田井中都不見了。

如果完全相信久保的供述，就會產生幾個問題。水口和田井中兩人似乎是在久保受到攻擊之後失去聯絡，但是我們待在民宿外面的時間大約是五分鐘（沒錯，只有五分鐘）。要在這段期間內讓久保失去意識、並且帶走兩人，犯人的動作未免太迅速。這種事很難辦到，再加上萬能鑰匙在我手上，因此也無法自由使用房間。

另外還有最重要的疑問。

為什麼久保只有暈倒而已？

「總之，大家都待在這裡應該就安全了。犯人不會在我們當中。」

西野雖然這麼說，但這是完全相信久保證詞的情況。

也許犯人就是久保，也許事實上他根本沒有遭受攻擊。

我必須做出決斷。

不能只是思考。

必須立刻行動……否則接下來有可能輪到自己。

我打開辦公室的門鎖，拿出牛皮膠帶，綁住久保的手腳。久保理所當然地抵抗，但因為渡邊幫忙，因此總算順利完成。西野看到這樣的情況，問了很呆的問題：「咦？原來你們就是犯人？」

「西野，你是笨蛋嗎？動動腦筋吧。」

渡邊狠狠地瞪他。

「什麼？這是怎麼回事？」

「我們三個外出的時候發生了這種事。久保是最重要的嫌疑犯。」

「他不是被犯人攻擊了嗎？」

「有可能是騙人的。」

「騙人的……」

「久保，請你老實回答。你是犯人嗎？」

渡邊如此詢問，手腳被束縛的久保回答：「你們先去找到任何一項證據再來問我。」他的聲音異常冷靜。我們當然沒有證據，也不是審問的專家，因此久保也沒有改變證詞。他只反覆說明，他們在調查入井房間的時候有人攻擊他，後來的事就完全沒有記憶了。

我和渡邊合力將久保一圈圈綁在沙發上，看起來就像製作到一半的火腿。

我說：

「我再去找水口他們……久保，你先在這裡等一下。」

「希望能有收穫。」

製作到一半的火腿笑了。

我用萬能鑰匙打開門鎖，檢查所有房間。我知道我不會找到他們。之前也是如此。現在如果找得到，反而比較奇怪。話說回來，他們到底消失到哪裡去了？如果不在民宿裡面，難不成是在外面？暴風雪這麼大的情況下嗎？

我無法好好整理思緒。

我需要協助。

「呃，你們可以聽聽我的想法嗎？我之前也有跟水口說過……」

我提出先前那個融合「甄選會假說」與「事件假說」的假說。一開始消失的四人原本就認識，而柏崎想要趁著這次甄選會消滅另外三人——這個異想天開的假說，到現在已經很難一笑置之。不知不覺中，我們的表情都變得凝重。

「如果柏崎是犯人，他可以隨心所欲製作備份鑰匙。不過如果你的假說正確，我們這些演員沒有理由被消滅吧？」

渡邊提出疑問。

「我的假說其實也未必正確。犯人也許不是柏崎而是久保，而且目標也許是我們所有人。或者這也可能真的是甄選會。」

「你的說法還真是草率。」

「因為我知道自己的極限。」

「說得也是，的確很難推理。邏輯思考、尋找證據、然後預測下一步……在推理劇常常看到這樣的情節，可是實際要做又另當別論。」

「渡邊，你有什麼想法？」

「久保一定參與了這項計畫。雖然不太願意，但是也只好採取稍微粗暴一點的手段，逼他說出來。」

於是我們回到大廳，卻發現沙發上空無一人。

牛皮膠帶被割斷了。

我原本以為久保是使用他預先藏好的刀子逃脫的，但他不可能辦到。他的手腳被束縛，而且身上還纏了好幾圈的膠帶。就算是魔術師，應該也很難逃脫。一定是我們前往二樓的這段時間，有人過來把久保帶走。或者也可能是共犯來救他……

「我受夠了！」

大喊的是西野。

「這是怎麼回事？到底是怎麼回事？快停止吧！討厭，好討厭，別開玩笑。我要待在自己房間裡，誰都不要過來。」

「西野，冷靜點。犯人很有可能持有備份鑰匙。你有可能在獨自一人關在房間的時候遭受攻擊。」

「那要怎麼辦？難道要三個人一起待在這裡？」

「沒錯。我們有三個人。就算犯人攻擊，三個人也能設法抵抗。而且到了明天，巴士也會過來。」

「巴士……」

西野癱坐在原地。與其說是相信渡邊的勸說，不如說是筋疲力竭了。

就這樣，我們開始了在大廳通宵的固守城池戰略。

為了稍微轉換心情，我們打開電視。時間接近半夜十二點，外面依舊下著暴風雪，無法期待天氣好轉。即使順利迎接早晨，也不知道巴士是否真的能來迎接。我雖然感到不安，但沒有說出來。

過了十二點，電視播放本日最早的新聞：低氣壓發威導致甲信越地方（註8）降下大雪；飛機在機場衝出跑道；以老年人為對象推銷淨水器的公司代表被逮捕。接著是地方新聞：長野縣全區的天氣都很惡劣，北部發出大雪警報；因為積雪而變窄的道路上，小客車與公車擦撞；三天前從長野檢察廳逃亡的通緝犯仍舊沒有被逮捕，有可能逃到山中。看到這名通緝犯的大頭照，我們都大吃一驚。

這傢伙如果加上眼鏡和小鬍子，或許有點像柏崎。

西野和渡邊說道：

「我、我們看到的柏崎……」

「根據久保的說法，他今天是第一次遇見柏崎。」

「你該不會想說，真正的柏崎已經被殺了，假扮成他的是逃犯吧？我可不想聽到這樣的結局。」

「我知道，只是開玩笑而已。」

現在的我什麼都無法相信。

無法確信什麼才是現實。

在暴風雪中像這樣看著電視發呆，現實感就會越來越流失。自己在長野縣的現實、在民宿中的現實、當演員的現實、活著的現實、現實的現實——全都變得稀薄。

這時我腦中不知為何浮現嗶嗶學長。

嗶嗶學長是我哥哥的摯友，在我遇見他時已經是個怪人。在他的觀念中沒有規則這種東西。面對如此崩壞的現實，嗶嗶學長會如何突破呢？他會像平常一樣，哈哈大笑並進一步加以破壞嗎？我對於無法做到那樣的平庸自己感到焦躁，但那是因為嗶嗶學長自己崩壞了才做得到。哥哥偷偷告訴過我，嗶嗶學長曾經立志成為演員，但因為某種理由遭受挫折，後來就變成那樣的性格。那樣子得來的強韌，我一點都不羨慕。不論在任何時候，我都希望維持自我。我想著這些念頭，偶然抬起視線，看到哥哥。他懸吊在天花板上。我發現自己看著這幅景象時，心情就如同看到不符季節的蚊子，才知道這是夢。原來是夢啊。一定是因為從嗶嗶學長聯想到哥哥，才做了這種夢吧……夢？

我驚醒過來，抬起頭，發現民宿陷入黑暗中。

我以為自己還在做夢，但並非如此。

註8：甲信越地方為山梨縣、長野縣、新潟縣的總稱。

停電。

斷路器被切斷了。

我是什麼時候睡著的？渡邊和西野沒事嗎？我想要呼喚他們，但在黑暗中又不敢發出聲音。心跳劇烈到疼痛的地步。我幾乎本能地縮起身體，打開先前搜索外面時使用過的手電筒。我憑著黃色的光衝到辦公室，打開斷路器的電源。電燈立刻亮起，接著我把手電筒像武器般拿著，回到大廳。

大廳空無一人。

渡邊不在。

西野也不在。

「……啊？」

沙啞的聲音從喉嚨深處跑出來。沒有任何東西對我的聲音產生反應。

電視也關上了。

四周悄然無聲。

到最後只剩下我一個人。

到最後誰都沒有找到。

我獨自一人被留在民宿中。

11

這幾天東京一直都是晴天，不僅沒有下雪，連一朵雲都沒有。我住在吉祥寺，到了晚上車站前方的燈飾就會點亮。每次看到站前的燈飾，就會想到聖誕節快要到來，但這樣的感慨也馬上消失。我在不知不覺中又封閉在思考當中。

我無法得到現實感。

我覺得好像只有自己還在那間民宿。

再過幾個晚上就是聖誕節，然後是新年，可是我的腦袋卻好像還留在長野縣的民宿，無法從那裡踏出一步。

這天我爬出被窩之後，隨便穿上衣服就外出。因為是年末，車站周圍人潮很多，不過只要進入巷子，喧囂就立即消失。這條巷子越走越窄，盡頭就是我要去的屋子。

這棟屋子的外圍是時代劇布景般的圍牆及茂密的樹木。

我翻過圍牆，進入位在庭院中的別屋。

「是我。我要進去了。」

我依照長年以來的禮貌，打過招呼之後爬上樓梯。

打開拉門，就看到座敷童子。

清透白皙的肌膚。

異常適合穿日式棉襖的姿態。

他的身體很纖細，感覺要是被推一把的話，不僅會倒下，甚至會折斷，與其說是人類更像人偶。這傢伙是我小學以來的同學。

「怎麼了，小麥？你的表情好像在甄選會被刷下來一樣。」

座敷童子劈頭就這麼說。

「這種事不重要。」

「你明年就要畢業了吧？不去上大學的話，今後就要成為專職演員，怎麼會不重要呢？」

「我沒有說不考大學。」

「咦？你要考大學？」

「我的事不用你這個繭居族來擔心。」

「你先進來吧。這裡很溫暖喔。」

我在他勸說之下進入暖桌。這張暖桌就如永遠不收拾的被窩一般，不分季節都擺出來，不過到了冬天確實發揮了作用，讓冰冷的身體暖和起來。我啜飲著他端出來的茶，吃了兩顆放在籃子裡的橘子，正要伸手去拿第三顆的時候，突然停下來。我不是來這裡喝茶的。

「我上次不是跟你提過宿營的事嗎？」

「我記得。你說你通過最喜歡的鐵砲塚真太郎的甄選，要去歐風民宿參加親善會。」

「可是事實上我當時還沒有通過甄選，要在那間民宿參加第二次甄選會。然後在甄選會進行當中，民宿的人一個接著一個消失，最後除了我之外，所有人都消失了。」

「發生那麼大的事件，新聞竟然沒有報導。」

「因為實際上，那只是一場甄選會而已。」

「原來如此。」

「大家都沒事，已經先回東京了，只有我沒有消失，然後只有我在那場甄選會中被刷下來。」

「那真是太不幸了。」

「我想要知道……在那間民宿發生了什麼事、那到底是怎麼回事。還有，為什麼只有我沒有通過甄選。」

「你去問他們就知道了吧？」

「我當然問過，但是沒有一個人告訴我答案。大家好像都在迴避我，或是擔心傷害到我……」

水口和入井只說「無可奉告」，我也不知道鐵砲塚真太郎的聯絡方式，沒辦法詢問他。因此，我依舊感到困惑不已。

「可以幫我解謎嗎？」

「我又不是偵探。」

「我真的感到莫名其妙，不知道這一切到底是怎麼回事。如果不能理解在那間民宿發生的事，我就沒辦法繼續前進。」

「嗯，那就麻煩了。我不能原諒阻擋小麥前進的東西。」

鹿間口中這麼說，卻愉快地嘻嘻笑著。

『是是是，我已經到了……真是的，你到底把前輩當作什麼？』

「你現在擺出生氣的態度也來不及了。你已經到當地了吧？好好享受雪國的樂趣吧。可以在年末到深山裡度假，不是很棒嗎？」

『我寶貴的假期都泡湯了。』

他掛斷電話。

久川是我在經紀公司的前輩，常常聽我任性的要求。話說回來，他大概沒有想到會被請求潛入民宿吧。我一邊感謝為了後輩特地前往長野的好心前輩，一邊想起昨天和鹿間的對話。

「在『冰雪葛里克』民宿發生的所有現象，都是由鐵砲塚安排的第二次甄選會。原本以為消失的演員，其實都先回到東京了，留在民宿的只剩下小麥一人。他們到底是如何從大雪封閉的建築中消失的？為什麼只有小麥被留下來……你想要我解決的就是這些問題吧？」

「還有，我想要知道第二次甄選會的『合格條件』。為什麼只有我從甄選會被刷下來？

我想了各種理由，還是想不通。」

「不論如何，都得去調查才行。」

「調查民宿？」

「當然了。如果有偵探不用調查現場就能推理，我還真想見一見。沒有證據的推理，比網路新聞還不可信。」

「由專業繭居族的口中說出來，格外具有說服力。」

「那間民宿有調查的必要，可是我沒辦法前往長野。」

「不要說得這麼得意。」

「我是專業繭居族，所以不能離開這裡。」

「好啦，對不起。」

「還有，小麥當然也不能去。因為人家已經看過你了。要不要拜託嗶嗶學長？」

我也覺得在常識無法理解的世界，由嗶嗶學長這樣的人出馬或許會有效果，不過這次是要去調查，我不認為嗶嗶學長能夠做那麼複雜的事情。

我立刻回答：

「還是算了，嗶嗶學長根本沒辦法調查。」

「是嗎？我覺得沒問題耶。」

「你對嗶嗶學長的評價依舊莫名其妙地高……總之，還是找別人吧。」

就這樣，被選中的久川雖然不是很爽快地答應，不過還是連滑雪用具都沒帶就前往隆冬的民宿住宿。

時間是下午三點。我呆呆地看著手機，邊吃點心喝可樂邊等候聯絡。我的手機在民宿中消失，後來在回程的巴士上找到了。我原本應該要問巴士司機為什麼手機會在這裡，可是因為當時腦中一片混亂，因此沒有心思去問。

手機震動，打來的是久川。他說：『喂，我剛剛住進民宿，現在在房間裡。這是從樓梯算起來第四間房間。』真幸運，那是入井住宿的房間。

「太感謝你了。那個，我一定會致上謝禮……」

『哼。』

「你在生氣嗎？」

『難道你以為我會面帶笑容嗎？』

「呃，那麼就拜託你開始調查。」

『不要轉移話題。』

「我也很想要進行深入的討論，可是有太多事情必須請你調查。」

『是嗎？那就開始調查吧……』

我聽見電話中久川嘆息的聲音。

我從鹿間替我寫下來的調查筆記中，挑了幾件感覺可以馬上進行的項目。

「我想麻煩你幫忙『拍攝客房窗戶的鎖』和『拍攝從客房往外看的風景』這兩件事。」

『窗戶的鎖是很普通的鎖。外面的風景也一樣，是那種到處都可以看到的雪景。』

久川說完，寄給我的照片就好像在佐證他的話，他拍下的是很常見的月牙鎖，以及用「民宿　冬天」搜尋大概會出現多到受不了的風景照。不過因為我只有暴風雪的印象，所以看到晴天的雪景倒是感到滿新鮮的。

『你要不要也看看這個？』

久川接著又寄了幾張照片給我。

這是拍攝民宿全景的照片。

參加第二次甄選會時，我沒有好好看過民宿外觀，現在才看到這棟木造雙層建築的民宿矗立在半山腰上，周圍就好像偷工減料的插畫般什麼都沒有，只有一片白色的風景。引人注意的大概就只有停車場吧。民宿入口附近有停車空間，停了五輛車。

停車場。

我當時完全沒有注意到。

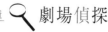

久川的聲音繼續說：

『我從你那裡聽了大概的情況，不過如果你的推理是那些演員出去之後前往其他建築，我想是不可能的。民宿周圍什麼都沒有。』

「如果是到車子裡呢？」

『甄選會當天，停車場有停放車子嗎？』

「我不記得了……基本上我一直待在民宿裡面。不過既然沒有印象，停車場應該不會停放著一整排車吧。」

就算停了車，大概也只有一、兩輛。

老闆柏崎和打工人員久保的車。

這兩人很有可能是鐵砲塚真太郎的協助者，也許是他們讓演員都坐進車裡——這樣的推理應該不會太牽強。當天因為是暴風雪的天氣，從一樓大廳的窗戶看不到外面，狂風也很強勁，即使車子整晚開著引擎，我們也未必會發現。入井消失之後，我和渡邊及西野一起找過外面，不過只有短短五分鐘，即使為了保險起見在那段時間熄火，也不會有問題。

演員到外面之後，就躲在車子裡。

這個推理或許行得通。

「久川，我想要請你進行下一項調查。」

『好好好，請說。』

「你可以跳下去嗎？」

『嗯？』

「你可以跳下去嗎？」

『呃，你在說什麼？』

「這是調查工作。『從二樓的窗戶往下跳』……」

『……』

「久川？」

『你、你把我當成什麼？不只是要我在年末跑到長野，還要我跳下去？』

「請別客氣，儘管跳吧。」

『我當然要客氣！』

「果然很困難嗎？」

『這個嘛……跳下去應該也沒問題吧，畢竟雪積得很厚。喂，小麥，我可以問你一件事嗎？』

「什麼事？」

『這跟搜查真的有關嗎？』

「就是有關才要請你調查。」

『如果沒有，那根本就是霸凌了。這個代價會很高喔。基本上，這裡的住宿費也是我……』

「別這麼說嘛。」

雖然有些爭執，不過體貼的久川還是答應從窗戶跳下去。

在短促的悲鳴聲後，傳來「砰！」的一聲巨響。

『嗚、嗚、嗚哈……我、我跳了！好冷！』

「不要緊嗎？」

『好冷，我整個人都陷入雪裡……不過，不、不要緊。喂，這到底有什麼意義？你認為消失的演員是從窗戶跳下去的嗎？』

「有這個可能性。」

『可是那天颳著暴風雪吧？跳下去之後怎麼辦？就算要前往車子，從這裡到停車場也有幾百公尺的距離。在暴風雪的晚上，應該很難前進吧？說實在的……我也稍微想過，這該不會是事先設定好的比賽吧？』

「事先設定好的比賽？」

『除了你之外，所有人都是一夥的，為了在甄選會中把你一個人刷掉，才串通好演出這場戲。』

如果真是這樣，那才是霸凌。

13

我不知道原本在二樓的久川從大門進入屋內時，是如何向屋裡的人解釋的，不過時間流逝，到了晚上七點，現在那邊應該已經是吃晚餐的時間。我一邊吃調理麵包一邊想著河見的事。他是最早從民宿消失的演員。

河見亞希彥是實際存在的人物。回到東京之後我著手調查，才知道真的有河見亞希彥這名演員，在《暗黑偵探　現場懸疑劇》演出一個小角色。在這裡要替河見說句話，他和我們是以同樣的條件參加第二次甄選會而合格的。

這麼一來仍舊難以理解的，就是「合格的條件」。

河見的演技很平凡，其他合格者也是類似的程度。基本上第二次甄選會使用的劇本《白色山莊》本身就是未完成的作品，只演了一幕左右，鐵砲塚真太郎也在中途消失。

鐵砲塚真太郎是以什麼樣的標準把我刷下來，而讓其他所有人都合格呢？

手機在震動。

螢幕顯示柏崎笑咪咪地盛燉牛肉的照片。這是久川執行調查筆記中「拍攝柏崎的臉」這一項指示所傳來的。照片中的柏崎和第二次甄選會當天看到的是同一張臉孔。

在民宿的柏崎其實是逃犯假扮的……這樣的假說證實是無聊的妄想，讓我鬆了一口氣。順帶一提，逃犯在前幾天已經抓到了。也就是說，柏崎先生是貨真價實的本人。

另一方面，存在變得含糊不明的是久保。根據久川的說法，民宿裡有一位姓二宮的年輕男子在工作，每年到了旺季二宮似乎就會在這裡打工。他傳來的照片中，這名男子跟久保一點都不像。久保或許真的是臨時聘僱的打工人員。

『可憐的前輩回到房間裡了……』

過了不久，久川打電話來。

「辛苦了。」

『唉，真的超尷尬的。那裡的客人都是滑雪客，只有我一個人格格不入，好尷尬……因為做了一堆有的沒的解釋，我就變成「雪人研究者」這種可疑設定的客人了。』

「感覺很有夢想，不錯啊。」

『因為太丟臉了，所以我要在房間裡休息一陣子。而且晚餐吃太多燉牛肉，肚子也好脹。啊，對了，趁還沒有忘記先告訴你，關於那間禁止進入的房間……』

「你調查到什麼了嗎？」

鹿間的調查筆記上有「揭開禁止進入的房間祕密」這一項，不過我不認為柏崎會老實說出來，所以原本有些放棄了。

『與其說調查到，不如說她就在那裡。』

「誰？」

『禁止進入的房間裡住的人。』

「啊？」

『柏崎真奈美，十歲，喜歡的東西是吉祥物商品，興趣是冬季運動，將來的夢想據說是當空服員。』

「呃，請等一下，她真的在那裡？」

『今天晚上，她和柏崎太太一起來到民宿。他們似乎每年寒假期間都會在這間民宿度過，從事冬季運動。她還很仔細地教我滑雪時『全制動轉彎』和『併腿轉彎』的差異。』

「你的意思是她還活著嗎？不是有遺照和遺骨……」

『遺照只要把照片放大就可以做出來了，遺骨你也沒確認過裡面吧？你們會不會被唬了？』

如果是這樣，真是低級的興趣。

「……久川，真的很謝謝你。多虧你的幫忙，只剩下一件事要調查了，結束之後就請好好休息。」

『好好好，沒問題。要做什麼？』

「一樓有間浴室吧？請你破壞那裡的熱水器。」

『哇哦。』

「『破壞熱水器』是最後一項調查。」

『這不是調查，而是毀損器物吧？』

「這不是調查，而是毀損器物。」

『我要回去了。』

「拜託，我只能依靠你了。」

『只有這種時候才來求我！』

我拚命請求，並且接受「由我負所有責任」、「如果不能弄壞就放棄」的條件，久川總算替我採取行動。我真的由衷感到對不起他。

久川在兩小時後向我報告。他說他把熱水器的指針亂調就壞掉了。柏崎嘗試修理但沒有修好，只好呼叫救援。

這到底是怎麼回事？我們在談論「殺人預告信」的不在場證明時，柏崎和久保溼漉漉地從浴室衝出來，告訴我們因為熱水器壞掉在修理。後來水口調查時，宣稱熱水器已經修好了。水口沒有理由說謊，因此大概是真的。為什麼這次的熱水器沒有修好？當時是久保修理

的嗎？會不會是久川這次把熱水器弄壞到不堪修復？還是熱水器原本就沒有壞？我不知道，

完全不知道。我還是不明白。

14

「我大概知道了。」

次日下午四點，鹿間一聽我的調查報告就這麼說。

他邊說邊打呵欠，頭髮因為睡覺時壓到而翹得很厲害。他在我來這裡之前大概一直在睡覺吧。想到這樣的傢伙可以輕易解開謎團，我就感到不爽，忍不住問：「你真的知道了嗎？」

「雖然只是假說而已。」

「那就快點告訴我，發生在我身上的到底是怎麼回事。」

「我可以先吃橘子再說嗎？我肚子好餓。」

鹿間從籃子裡取出橘子，用不太常見的方式剝皮，小口小口地吃。我看過動物園裡的松鼠吃水果的模樣，跟他的吃相有點像。

「對了，小麥，你真的要考大學嗎？」

鹿問突然問我。

「你幹嘛突然問這種問題？」

「不是突然。高中生活有三年，應該有足夠的時間去思考大學的問題才對。」

「我還沒決定。」

「你在猶豫嗎？」

不是這樣。

不論是以演員為職業的自己，或是享受大學生活的自己，我都覺得無法想像。兩者感覺都假假的，或者應該說像是別人的生活。這或許是我無法控制自己的證明。

不過事到如今也不能說這種話，因此我直接拿這個話題反問他。

「我才想問你，你大學打算怎麼辦？」

「我會先留級。我的上課時數根本不夠。」

「我沒想到你會變成我學弟。」

「你要變成小麥學長了。」

「這樣稱呼感覺好噁心。」

「我明年也不會離開這個房間。我要澈底當個繭居族，澈底待在認同未定期（moratorium）。

不過你既然跟社會接觸，就不能做這種事。不論你採取什麼樣的態度，將來都要當個專職演員。」

「你為什麼要說這種話？」

「你必須向前進才行。」

「我知道。」

就是為了這個原因，我才要解決民宿之謎。

鹿間稍稍點頭，喃喃地說「知道就好」。

「那就開始說明吧。呃，這次的事件之所以特殊，是因為乍看之下似乎沒什麼謎團。小麥夏天遭遇的事件是演員在舞台上消失之謎，帶有推理小說的意味，存在著必須解開的問題，但是這次表面上什麼事都沒有發生。你們在民宿參加第二次甄選會，結果有人合格、有人不合格。就只是這樣，沒有什麼謎團。」

「對我來說有。」

「沒錯，實際感覺到謎團存在的只有小麥。」

「可是實際上，『合格的條件』就是個謎吧？」

「我得先告訴你，我沒辦法解開這個謎。」

「沒辦法？」

「我不是鐵砲塚，不論怎麼推理，我也沒辦法窺探他的內心。鐵砲塚依據什麼樣的判斷基準來決定合格與否，屬於他本人才知道的私人領域。」
「那你剛剛說『大概知道了』，究竟是指什麼？」
「關於那天在民宿發生了什麼事。」
「那就夠了。」
只要明白這一點，或許就能知道「合格的條件」。
鹿間再度開始說明：
「我就依照時間順序來說吧。最早消失的是河見。在晚上七點半開始的第二次甄選會當中，河見依照劇本進入自己的房間，然後也依照劇本發出慘叫聲。但是跟劇本不一樣的是，房間的門上了鎖，即使呼喚他也沒有回應，當你們感到懷疑打開門，房間的門和窗戶明明都是鎖上的，河見卻突然消失了……」
「我們因此以為河見躲到某個地方，開始去搜索，可是沒有找到他。」
「那當然。因為河見當時是在外面。小麥，你應該也察覺到這一點了吧？」
「你是說他從窗戶跳到外面了吧？可是窗戶鎖怎麼說？河見房間的窗戶是鎖上的。從二樓窗戶跳下去之後，不可能鎖上窗戶。」
「我聽了你的敘述之後，發覺到一件事。最早進入河見房間的是鐵砲塚吧？」
我回想當天的情景。

柏崎使用萬能鑰匙打開門後，鐵砲塚真太郎就毫不猶豫地踏入房間。

「小麥，我不知道鐵砲塚這個人的個性，不過再怎麼說都太不小心了。你想想看，打開門看到裡面黑漆漆的，呼喚之後也沒有反應，不可能會沒開燈就衝進那樣的房間裡。鐵砲塚會不會早就知道河見不在裡面？另外，他有必要比其他人更早進入黑暗的房間。也就是說……」

「是鐵砲塚把窗戶鎖上的？」

「沒錯。根據你的說法，鐵砲塚站在窗戶前面吧？他就是趁大家到處尋找的時候鎖上窗戶，擦掉飄入室內的雪。」

「為了消滅河見到外面的痕跡？」

「他這麼做，就讓大家以為河見躲在民宿裡面。然後就是接下來的發展。」

「鐵砲塚和柏崎也消失了……」

「他們和打工的久保是一夥的，這點你已經發覺到了吧？鐵砲塚和柏崎在久保引導之下到外面。大概就跟河見那次一樣，從某間房間的窗戶出去之後，請久保鎖上窗戶鎖。」

「接下來怎麼辦？照你的說法，大家一個接著一個到外面，可是根本沒有地方可以過夜。車子裡也不可能。根據久川得到的印象，要在暴風雪當中從民宿走到停車場很困難。」

「不是車子。如果像小麥這樣的傻瓜誤以為這是真正的事件，主張『要開車下山』，那就有可能被硬生生闖入車裡。雖然說久保大概會預先設下防線，告訴你們在暴風雪中開車逃跑太危險吧。」

「……我覺得他好像說過類似的話。」

「不過在暴風雪中開車本來就很危險，幸虧沒有演變到那種地步。如果小麥發生萬一，我搞不好會立刻飛奔到長野。」

「真的？」

「嗯～」

「明明是專業級的繭居族？」

「唔，嗯……」

「算了，你不用沉思了。不過如果不是在車上，大家到外面之後去哪裡了？」

「小麥，你果然還是沒有發現。」

「發現什麼？」

「不是有最適合雪國的建築嗎？」

「建築？」

「就是雪屋。」

「你是認真的嗎？」

「如果你對雪屋這個說法感到憤怒，也可以稱之為伊格魯（igloo）。你知道什麼是伊格魯嗎？這是因努特人做的簡易避風小屋，又稱為snow house。把雪像這樣壓縮起來做成磚塊，堆積成圓頂狀，就可以抵擋寒風，還有保溫效果……」

「有什麼證據可以證明那裡蓋了雪屋嗎？」

「沒有。那是雪做的，弄壞之後什麼都不會剩下來。」

「又沒有證據……」

「你如果感到不滿，我就不說了。」

「別這樣，是我不好。繼續說吧。」

「鐵砲塚一開始計劃的第二次甄選會，大概是完全不一樣的內容。他原本預定的，應該是有效組合甄選會用的劇本《白色山莊》、晚餐時成為話題的『殺人預告信』，還有預先布置的禁止進入的房間。可是這時出現了大幅改變計畫的東西。澈底推翻故事架構和命運的東西從天而降。」

「是雪。」

「攻入吉良宅、還有櫻田門外之變（註9），都被認為是因為突然下大雪而成功的。這些故事之所以到現在仍舊吸引人，有很大一部分因素也是雪的印象。鐵砲塚在準備第二次甄選會的時候，看到雪而得到啟發。於是他就和柏崎討論要改變計畫。提議製作雪屋的，大概是柏崎吧。」

「雪屋是什麼時候做的？我們到民宿的時候已經完成了嗎？」

「當時只下著小雪，有可能會被客房裡的演員看到製作過程。實際製作應該是在民宿開始被暴風雪侵襲的時候。時間大概是晚上六點左右吧。」

「你怎麼知道？」

「因為那是晚餐時間。」

「啊。」

鐵砲塚真太郎對我們說「晚餐一定要出席。晚餐從六點開始」。現在想起來，這句話說得很執拗，不過我們並沒有特別在意，全都按時出席。當大家吃著燉牛肉、確認「殺人預告信」的不在場證明時，外面竟然在製作雪屋……

註9：「攻入吉良宅」指的是赤穗藩浪士為了替藩主報仇，在一七〇一年四月二十一日攻入仇人吉良上野介住處的事件，即《忠臣藏》的故事。「櫻田門外之變」則發生於一八六〇年三月二十四日，水戶藩及薩摩藩十八名浪士暗殺幕府大老井伊直弼。

柏崎和久保。

這兩人溼漉漉地出現。

他們雖然解釋說是修理熱水器才淋溼的，不過那大概是為了隱瞞外出製作雪屋演的戲。

我說出這個想法，鹿間便點頭回答：

「沒錯。從寒冷的戶外回到室內，皮膚會變紅，也會流鼻水，沒辦法立刻消除接觸過外界空氣的氣氛。兩人為了澈底隱藏這樣的痕跡，大概去浴室淋過水。」

「可是這樣不會很危險嗎？我們在晚餐之前可以自由活動。這次只是因為大家剛好都回到自己的房間才沒發現，可是如果有人一直在一樓怎麼辦？」

事實上，田井中就在大廳待了一陣子。

「出入應該是利用浴室的窗戶，而且有鐵砲塚在。一樓如果有人，可以找藉口說有話要談一起上二樓，然後用電話或簡訊通知在外面工作的柏崎就行了。」

「鐵砲塚和柏崎都沒有帶電話。」

「你有搜過身嗎？」

「……早知道就去搜了，順便揍他們兩三拳。」

「暴力是不好的行為。」

「可惡，什麼雪屋嘛……」

我的聲音變得沙啞。

第二次甄選會被淘汰的只有我。

最後留在民宿的只有我。

在這段時間，其他人都在雪屋裡面歡笑，用卡式瓦斯爐烤麻糬吃嗎？大家都在嘲笑我嗎？

我被恥辱吞沒，問他：

「為什麼只有我被刷下來？我的演技那麼差嗎？」

「小麥，不是這樣的。」

「是因為我不符合鐵砲塚的喜好嗎？的確從戲劇領域的人來看，二．五次元的演員或許演技都很奇怪，可是在這方面大家都一樣，而且除了水口以外，大家演得都沒有多好……」

「我就說不是這樣的。」

「那是怎樣？為什麼只有我落選？甄選會合格的人都從民宿被帶出去了，只有我被留下來……」

「小麥，你搞錯了。」

「搞錯了？」

「鐵砲塚是依照發覺到『外面』的順序錄取演員的。」

我不知道鹿間在說什麼。

我花了足足有十秒以上的時間思考，仍舊無法理解其中的意義，只勉強理解，第二次甄選會的「合格條件」和演技毫無關連。

「那我們為什麼……要演《白色山莊》？鐵砲塚對我們的演技沒有興趣嗎？」

「我不是鐵砲塚，所以沒辦法回答這個問題。《白色山莊》或許也是判斷基準之一，或許他也不是毫不關心演技。只是從狀況來判斷，演員們的確是依照發覺到雪屋……不，是發覺到『外面』概念的順序，從民宿消失的。一開始是河見，接著是入井。」

「入井那傢伙是怎麼發現到這一點的？」

「我想他是偶然發現的。」

「偶然……」

「搜索行動告一段落之後，演員們在甄選會重新開始之前，為了稍作休息而退回客房。時間是晚上十點。入井或許是在這時候從自己的房間看到外面的光線。」

「什麼光線？」

「從雪屋透出來的光線。」

「外面下著暴風雪。」

「也許是一時減弱了。你只是沒發現，也許有那樣的時候。」

「那麼多『也許』。」

「因為這是假說。」

鹿間大言不慚地回應，然後緩緩地喝茶。我看到他喝茶，意識到喉嚨很乾，一口氣喝下他端出來的茶。口渴的感覺完全沒有消失，反而更嚴重了。或許是因為羞恥吧。

入井發現了從雪屋透出來的光，而我當時卻在水口的房間自鳴得意地陳述荒謬的推理。

「入井為什麼沒有告訴我？他為什麼自己一個人走掉了？」

我為了稍微紓解口渴而問。

「入井發現到外面的光線，大概驚愕到沒有想到要告訴你吧？他從那道光線看穿甄選會的本質，直覺理解到鐵砲塚就在那道光所在之處等候。於是入井情不自禁地吶喊。」

入井的慘叫聲。

原來那是摻雜著喜悅與驚訝的歡呼。

「入井就這樣奮勇地從窗戶跳下去。他大概是想到了河見的情況。入井這時候看穿河見是從窗戶跳到外面的。從一個小小的契機理解到一切，也是常發生的事。」

「我有疑問，為什麼要把雪屋做在民宿附近？就因為這樣，才會被入井發現。」

「做在遠處的確不容易被發現，可是如果在抵達之前有人遇難，那會很嚴重吧？外面的光線是為了引導人從民宿到那裡才準備的。即使冒著從客房被看到的風險，也要當作標幟開燈。就像燈塔一樣。」

燈塔啊。

我坐的船沒有被引導到那裡。

鹿間看著我，繼續說：

「根據我的想像，鐵砲塚從民宿消失之後，第二次甄選會才要開始，可是在那之前河見就發現到真相，讓他的計畫稍微被打亂。現實就是這樣，不像推理小說裡，大家都像棋子一樣走。」

「河見也從房間看到那道光，所以從窗戶跳下去嗎？」

「這我就不知道了。不過河見事先向鐵砲塚報告，自己發現到『外面』了。所以鐵砲塚才有辦法鎖上窗戶。如果河見房間的門鎖是開的，大家在那個時候應該都會一起發現真相，這麼一來甄選會就泡湯了。」

「如果是那樣就好了。在入井之後，水口和田井中也從民宿消失了，他們該不會也是偶然看到外面的光線吧？」

「根據你的說法，水口在思考甄選會的突破方法吧？他思考著該如何通過甄選會的時候，繼河見之後入井也消失了，而入井房間的窗戶沒有上鎖，讓水口察覺到『外面』。水口就這樣得知真相，告訴了久保。久保是鐵砲塚和演員之間的橋梁。這大概才是鐵砲塚原先設想的手續吧。」

「田井中呢？我們為了尋找入井走出民宿的時候，田井中和水口在一起吧？難道說他因為正好在察覺真相的水口旁邊，所以就自動合格了？」

如果是這樣，規則未免太粗糙。

「首先察覺到的或許是田井中也不一定。或者兩人也可能同時發現。」

「我才不管那麼多。不論是哪一種情況，只有我被排除在外這一點是不會改變的。」

「小麥……」

「渡邊和西野也一樣。我不知道他們是誰先發現的，可是他們設法和久保聯絡或是跑到外面，然後兩人都合格了。我也應該那麼做嗎？擔任橋梁的久保消失之後，我被留在民宿裡面，錄取的機會也消失了。」

「你在半夜睡著了吧？他們也許判斷你到早上都不會醒來。還有，久保大概也沒想到自己會被綁在沙發上……」

「你不用再說了。」

我站起來。

「小麥，你要去哪？」

「剩下的是我的事。我要自己來。」

我很難得用果斷的語氣這麼說。

鹿間一開始宣稱無法解釋「合格的條件」。即使能夠闡明鐵砲塚真太郎設計的第二次甄選會機制，也只有本人才知道我和合格者之間的區別是什麼。

那麼，我就直接去問他。

15

我當場查出《暗黑偵探　現場懸疑劇》在澀谷ＹＫ大樓四樓練習，便離開鹿間的別屋前往澀谷。搭乘電車時，我的呼吸非常急促。到達大樓之後，我為了爭取時間讓自己冷靜下來，沒有搭電梯而走樓梯，反而讓呼吸更喘了。

我來到門口。

從裡面傳來好幾個聲音。

錄取者似乎正在練習，每個人都發出青春的吶喊。揮灑汗水之後，大家或許會去吃拉麵聊未來的夢想吧。我的胸口感到隱約的刺痛。雖然是陳腐的形容，但真的就是這樣，我也沒辦法。

我打開門的瞬間，彷彿時間停止一般，室內的演員都僵住了。一看到我的臉，水口、入井、就連田井中，全都靜止不動。如果這副姿態可以在舞台上重現，大概滿有意思的——眼前的景象巧妙到讓我不禁想到工作的事。

「這裡禁止局外人進入。」

首先脫離冰凍世界的是鐵砲塚真太郎。他像是從劇本抬起頭時順便看著我說。

「局外人是你吧？從別的業界過來的你，才是局外人吧？」

我立即反駁。

我雖然沒有真心這麼想，但因為能夠機伶反應而感到得意。

「不論你如何主張，仍舊無法改變不合格的事實。回去吧。這裡是《暗黑偵探　現場懸疑劇》的練習場，沒有你出場的份。」

「我只是來問問題的。」

「我沒有什麼好說的。」

「我有。我還留在那間民宿，沒有辦法前進。」

「你該不會想說那是我的責任吧？曾經有人應徵公司面試失敗，結果不當遷怒並且殺害面試人員，你該不會是那種人吧？」

「你的第二次甄選會太奇怪了。不看演技內容，而是讓發覺到『外面』的人合格，像這種解謎般的審查根本不尋常，而且連剛好在合格者旁邊的人也能合格。再怎麼說，這樣都太不公平了。」

「你要主張甄選會無效？」

「我還沒那麼差勁。」

我雖然對第二次甄選會的怪異之處提出指責，但也理解鐵砲塚真太郎擁有主導權。我知道不論自己如何無法接受規則，都沒有辦法重來。

我之所以來到這裡，是因為想要抱怨。

「你為什麼舉辦那樣的甄選會？」

我想要問這一點。

鐵砲塚真太郎盯著我一陣子，然後把劇本放在桌上，交叉雙臂問：「你有沒有寫過劇本？」我連想都沒有想過這種事，因此搖頭。鐵砲塚真太郎意外地以非戰鬥姿態的語氣說：

「有時候讓演員演我寫好的劇本時，我會陷入難以言喻的心情，感覺就好像劇本被演員奪走了。」

「被奪走？」

「我不否定演員會展現奇蹟，也不否定超越劇本的精采表演存在，但是每次都讓演員任意發揮也會很困擾。我不希望發生那種情況。我也有自己想要呈現的奇蹟。」

「我不理解你的意思，不過你是認為，二・五次元舞台劇的演員會比較容易駕馭嗎？一般戲劇的演員的確好像很堅持己見。」

「二・五次元舞台劇的演員具備『型』。」

「你要談拉利克吧？」

「真高興，你竟然看過我的訪談。」

「因為我是你的……粉絲。」

我這麼說，鐵砲塚真太郎便稍微，真的只有稍微笑了，然後說：「原來是這樣。那你應該早點告訴我。你既然看過我的訪談，解釋起來就很方便了。拉利克受到日本型紙產業的影響，製作出精美的玻璃工藝品。只要有適當的『型』，就能製作出最高傑作，而你們擁有這樣的『型』。二・五次元舞台劇的演員在舞台上，能夠表現出非常純粹的動作，完全繼承了戲劇的『型』。像這樣的情況，在今日的戲劇界很少見。」

「我並沒有自覺。」

「這一點不重要。反而如果產生自覺，就會出現想要排除『型』的傾向。你們應該也察覺到自己很奇怪吧？我知道，你們的目標就是要從二・五次元舞台劇演員的身分『畢業』。」

他似乎不只是對我，而是對室內所有演員說話。

鐵砲塚真太郎繼續說：

「『畢業』以後要做什麼？演電視劇？上綜藝節目？演電影？然後封印曾經當過二．五次元舞台劇演員的過去？和女明星傳出緋聞？真是無聊。為了追求那麼平凡的目標而抹去現在的優點，實在是荒謬到極點。」

「我不認為這是荒謬的。」

回答的是……水口。

穿著運動服的水口用毛巾擦拭脖子上滲出的汗水，露出爽朗的笑容。這是平常的水口。看到他這副模樣，我感到格外安心。

鐵砲塚真太郎不理會水口，把視線移回我身上說：

「你們現在的狀態、現在的熱度、現在的空氣、現在的『型』，就是我產生興趣、覺得非常棒的東西。為了抓住這個瞬間，我才來到這裡。我想要能夠配合我的劇本的演員。事情就是這樣。」

「我一開始設想的第二次甄選會是這樣的：在集結到民宿的演員面前，出現了『接下來陸續　會有人　消失』的神祕預告信，然後我和柏崎會消失。剩下的演員搜索民宿，發現禁止進入的房間內有女孩子的遺照和遺骨……大概是這樣的設定。」

「感覺好像遊戲內容。」

我老實說出感想。

「沒錯，這只是遊戲，就像扮家家酒。現在想想真是無聊的內容。不過那場雪改變了一切。多虧了雪，我才能夠創造出更完美的設定、更逼真的舞台。可惜因為是臨時製作的，所以有很多不自然的地方。」

「你是指『殺人預告信』嗎？」

「那個已經不需要了，原本預定早點收起來，可是在那之前就被發現了。不過，幸虧大家擅自把它解釋為『殺人預告信』。最糟糕的就是禁止進入的房間，那個設定真的不需要了。即便如此，我仍有自信完成了相當傑出的安排。實際上，你的確認為那是真正的事件，表現出很有趣的行為。」

「唔……」

「不過當有人消失的時候，你為什麼會立刻以為那個人死了？這是很有意思的案例。你似乎隨時都與死亡為鄰。」

搖啊搖。

搖啊搖。

吊著脖子的屍體在旋轉。

「《白色山莊》只寫到一半的理由是什麼？」

我為了消除幻影，便拉回話題。

「一切都是為了效果……如果你無法接受這樣的說明，那就改個說法吧，不論下不下雪，劇本一開始就不重要。你們的演技水準沒什麼大不了的，所以我完全不期待。」

「你說得這麼明白，我反倒覺得很爽快。」

「是嗎？那就回去吧。」

「我再問一個問題就回去。我真正想要知道的是『合格的條件』。發現『外面』的存在就合格這樣的條件，我完全無法理解。」

「所以只有你會被刷下來。」

「啊？」

「你剛剛說，連剛好在合格者旁邊的人也能合格不公平，但是你搞錯了。合格的只有發覺到我提示的『合格條件』的人。也就是說，除了你以外的所有人都符合『合格條件』。只有你什麼都沒發覺到，才會落選。」

「只有我……」

「不論是誰，都能輕易推理到久保參與計畫。你也發覺到了這一點。但是重要的關鍵在這之後。除了你以外的所有演員，都對久保說了這句話，得到合格的門票。」

「他們說，『自己也想要協助創造這個舞台』。」

啊。

這種感覺該怎麼形容？

在思考之前，頭部好像就被「理解」的塊狀物打到。

與其說是衝擊，不如說更接近動搖的情感在我的全身循環，讓我幾乎要倒下來。

我將晃動的視線投向其他演員，他們都帶著同樣的眼神。

夥伴。

他們是夥伴。

而我不在那裡面。

大雪中的民宿發生連續失蹤事件。在這樣的舞台設定中，即使發覺到其中的機關，他們也沒有嘲笑或破壞，不會去想著要否定或拒絕、跳脫或創新，只是一心一意想要成為鐵砲塚真太郎製作的舞台的一部分。

想要成為其中一枚齒輪。

鐵砲塚真太郎為了分辨出能夠這麼想的人與不能這麼想的人，因此在民宿製作了巨大的分類裝置。

而我被澈底丟入寫上「不需要」的籃子裡。

只屬於自己的演技。

只屬於自己的光芒。

由於我相信這種東西，因此無法發覺到鐵砲塚真太郎要求的東西。

「真無聊。」

我發現自己……脫口而出。

「如果你有想要追求的世界，儘管去探究吧。我不會對這一點抱怨。可是即使如此，還是不應該用這麼誇張的方式篩選演員，我也覺得這樣很無聊。我無法跟上這種做法。」

「你沒有跟上，我也沒讓你跟，這樣不就行了嗎？」

鐵砲塚真太郎邊玩弄帽子邊說。他似乎有些厭倦了。

「我只是想要和你一起工作。我原本有自信，可以展現最佳的演技……」

「製作《暗黑偵探　現場懸疑劇》這齣戲的時候，我必須避免混入異物。譬如組樂團的時候，是志同道合的人集合在一起；樂團之所以會解散，是因為各自的志向變得不同。如果演員演的不是劇作家的故事、有可能混入其他故事，你以為我會想要用這樣的演員嗎？演員當中如果摻雜異物，只會讓事情變得麻煩。既然你有很明確想要做的事情，就去做吧。你也可以去挑戰單人舞台。」

「可是……我只是想要和你一起工作。」

「你不符合二．五次元舞台劇演員的『型』，看樣子甚至還想要離開這個領域，對不對？」

「我的確有時會對這個業界產生疑問，可是……」

「哦，我知道了，你根本沒有認真看待演員這個職業。」

「沒有認真看待……你是說我？」

「你不是認真的吧？你刻意不認真挑戰，藉此保持距離，準備好退路。你害怕認真戰鬥之後受傷嗎？你怕輸嗎？我會害怕。我既怕受傷，也怕輸。但是就是因為站在這樣的地方，才能夠認真起來，才能夠賭上性命從事劇作家這樣的行業，不論別人怎麼嘲笑都一樣。話說回來，其他工作也都一樣。像是運動選手，仔細想想也只是跑步或投球，沒什麼了不起的；畫家和音樂家如果被說只是靠興趣賺錢，其實也是如此。演員也一樣，終究是靠人氣生存的職業。因此，演員不能嘲笑其他演員。」

「……」

「可是你老是拉起防護罩，到底是要做什麼？你願意過這樣的人生嗎？像你這樣能成就大事嗎？」

我從中途就沒有聽進任何話。這是當然的。和這種傢伙認真對話，也只會讓我心浮氣躁。我沒有必要聽任何話。跟他認真只是浪費時間，只會傷害我的心。

不認真對話？

跟他認真也只是浪費時間？

只會傷害自己的心？

怎麼搞的？

我覺得自己都在想些卑劣的念頭。

如果這意味著我自己就是這麼卑劣的傢伙，那麼，那麼——

「小麥。」

當我走出大樓時，水口叫住了我。

我回頭，水口直視著我，但雙方都沉默不語。我不知道該說什麼，也或許我根本沒有什麼話要說。

「要不要去散步？」

我同意水口的提議，走在夜晚的澀谷。提到澀谷雖然給人大都會的印象，不過只要稍微偏離主要幹道，就沒什麼人。在遠離霓虹燈與喧囂的住宅區，有一座小小的公園。我們並肩坐在感覺好像硬是設置在狹小公園內的長椅。夜晚冰冷的空氣舒適到令人感覺殘酷。

「你為什麼改變態度了？」

在漫長的沉默之後，我不禁脫口而出。

我大概變得自暴自棄了。

「我並不覺得自己改變了……」

「以前的你要是發覺鐵砲塚的企圖，一定不會協助，可是現在卻主動要去當齒輪。」

「要不然就不會通過甄選會了。沒有通過就無法站上舞台，無法站上舞台就不能當演員。」

「不只是這次。你最近總是表現出簡單易懂的演技。你到底是怎麼想的？」

「小麥……你怎麼了？」

「以前的你更有才華，演技也很精采，我總是覺得自己一定沒有辦法勝過你。可是你最近變得很溫馴。大家似乎都給你好評，但是在我看來很無趣。」

「原來你一直都是這樣看我的。」

我感覺到坐在我旁邊的水口突然改變了態度。

我不知道他是生氣或悲傷，或者喚起了完全不同的情感，但我並沒有為之所動。我不在乎自己變成反派，甚至還一再說出反派的台詞。

「你把靈魂賣給了惡魔。」

「惡魔？靈魂？」

「難道不是嗎？以前的你……怎麼說，感覺前方有好幾條可能的道路，但現在你卻只選了一條路，把其他的路全都毀掉了。」

「你說的一條路是什麼意思？」

「成為賣座演員的路。」

「賣座演員……」

「你現在看起來，似乎只想成為全日本最有名的演員。」

「演員不都是這樣嗎？」

我當然也想要變得有名，但是我並不是只為了這個理由站上舞台。類似「我不要做廉價的工作」、「我不是為了錢才當演員的」這些既熱情又感覺很冷漠、自以為是到可笑地步的要素，在我心中多到連我都受不了。我不是為了得到地位、名譽或金錢，而是想要站在美麗的場所。我想要找到只屬於自己的地方。

如果說要放棄這樣的場所，只想成為全日本最有名的演員，那麼水口確實是把靈魂賣給了惡魔。

最早發覺到水口才能的是我。當時他一味展現自己才華的演技，不論是觀眾或同行都給予最惡劣的評價，但是我——只有我——給予這樣的水口好評。在舞台上活動、舞動、吶喊的水口，充滿了瘋狂般的喜悅。

我一輩子不會忘記他當時的演技。

我喜歡只專注於琢磨自己靈魂的水口。

然而——

「你改變態度了吧？要不然演技不可能變化這麼大。」

「你要怎麼想是你的自由，不過我是很認真在工作的。而且畢竟還是要得到好評，否則很難繼續當演員。光是讓二十個座位的小劇場坐滿，無法讓我滿足。」

「是嗎？真高興聽到你的內心話。」

「小麥，我才想問你，到底在幹什麼？」

「啊？」

「你為什麼不想要擴大自己的世界？為什麼不選擇大家都能夠理解的演技？」

「今天是我們說真心話的日子吧。」

「別開玩笑，回答我。小麥，你真的想要繼續這樣下去嗎？不會吧？因為如果繼續這樣下去……」

「你就會消失。」

「我知道！」

我大吼，聲音在夜晚的公園裡迴盪一陣子才消失。

「我知道……可是我有自己珍惜的場所、不想破壞的美麗場所。我想要守護那裡。」

「你這番話，說得好像我已經變髒了一樣。」

水口發出無力的笑聲。

「你是王子，光芒四射，很了不起。可是在此同時，我也覺得看不下去，讓人感覺很痛心。」

「你看起來才讓人痛心。在掙扎、迷惘之後，最終還是被打敗了。」

「你說什麼？」

「就像鐵砲塚先生說的，你在逃避。要繼續當演員，就得持續賣座。當然也有那種『只要懂的人懂就好了』的戲劇，不過能夠那麼任性的演員，全都是有過賣座經驗的人。從來沒有得到任何成果的演員，沒辦法到達那個領域。」

「像你這種想憑無聊的賣座方式、成為平庸演員的傢伙，沒有資格說我。你是有才能的。我以前真的覺得你的演技很棒。可是再這樣下去，你最終就只能當個普通的賣座演員而已。就像剛剛提到的，演出電視劇和電影就結束了。你應該……可以到達更高的地方。」

「我們真不曉得是在互相讚美還是互相詆毀。」

「就是啊。」

「但是我們的觀點似乎不同。我沒辦法贊同現在的你，而且我認為你會繼續陷入泥沼而結束。」

「你才會結束。你會成為一個耗盡才能的平凡演員而結束。」

「我必須要賣座，必須要綻放光芒。我不想要浪費現在擁有的青春和時間。」

「我也一樣。」

「你真的這麼想嗎？我可以預見你的未來。你會繼續當個不起眼的非主流演員，到了四十多歲才慌張地改變心意，想說『啊，還是得賣座才行』，可是那時候已經來不及了。很遺憾，我不想浪費時間做那種事。」

水口從長椅站起來，轉身背對我。

「閉嘴……」

我也站起來，伸手想要抓住水口的肩膀，但他粗暴地甩開我的手。

這傢伙——我感到惱怒。

「我沒有時間。」

水口回頭。

他的表情很嚴肅。

「小麥，很抱歉，我得回去練習了。我沒有空跟無法認真的人說話。這次的演出也得大獲成功才行。至於你，只要守護著自己就行了。」

「水口！」

我繞到水口的前方，一拳打在他的肚子上。

這是我有生以來第一次認真揍人。

水口搖晃了一下，但立刻保持適當距離抓住了我。

我不知道是誰先拐對方的腳，不過我們都倒在地上，像笨狗一樣糾纏在一起毆打對方。

我們毫不留情地反覆攻擊，但彼此都沒有打對方的臉。

18

新的一年來臨。

新年快樂。

我理所當然地拿到壓歲錢，不過內心覺得從明年起就沒有資格拿了。

今年春天，自高中畢業之後，我就要踏入社會。

我沒有告訴任何人，偷偷去觀賞《暗黑偵探　現場懸疑劇》。

演出精采到討厭的地步。

鐵砲塚真太郎的劇本完美無缺，作為齒輪的演員也完美無缺。主角水口既是偵探也是犯人，既是被害人也是加害人，成功演出了如此複雜的角色，在今天的舞台上也比任何人都光彩奪目。我發覺自己心中嫉妒的情感消失了，給予他和其他人很純粹的掌聲。

閉幕之後，我走出大廳，看到後門周圍聚集了相關人員。

未來的演員、經紀公司的大人物、記者、自稱記者的記者……這些人彼此拍著背慶賀舞台成功。我無法進入他們的圈子，只能從遠處觀望。平常我會感到空虛而陰沉，現在卻沒有這樣的心情。我的情感欠缺到毛骨悚然的地步。

我在自動販賣機買了可樂，走到寒冷的街上。日常生活——這個詞突然浮現在腦海中。我完全接受了這樣的日常。沒有憤怒也沒有悲傷，更沒有悔恨。這是理所當然的。當某人考上很難考的大學、某人靠股票賺了十億、或是某人得到金牌，如果都要一一對此表現出情感反應，那才有問題。即使其他人在與我的日常生活無關的地方成功，那也是他家的事。我的內心不會動搖。

夠了。

夠了。

夠了。

已經夠了。

像這樣冷眼看這個世界、不去理會任何事物、把一切都看得很蠢、遠離冒險精神，我仍舊不會受到傷害。日常生活已經建構完成。我不打算離開這裡，甚至想要追求更澈底的日常生活。我想要達到更無敵的狀態。

就這樣，我放棄當演員了。

第三幕
看過就會死掉的舞台劇

1

「站到世界的中心之前，我都不會滿足！」

沐浴在燈光下的水口，蘊含著讓觀眾陶醉的效能。就連伸直的手指角度、揮灑的汗水，都像經過計算一般完美。主角無庸置疑是水口，其他演員只是在襯托他而已。

『本日公演到此已經全部結束。離開時請別忘了……』

隨著廣播的聲音，總彩排宣告結束。我隨著眾多相關人員一起離開會場。外面洋溢著春天的氣息，花粉症開始發作的鼻子受到刺激，流著鼻水出現痛苦的症狀。

我看了總彩排之後，得到確信。

《舞台版　吸血鬼 DRIVE》一定會成為奠定水口弘樹人氣的作品。

水口在上一齣戲《暗黑偵探　現場懸疑劇》當中，成功飾演困難的角色，似乎因此更上一層樓。他的演技增加了說服力。實際上，從年初水口的工作就爆發性地增加，參與了多部舞台劇。他也上了電視節目，和自稱二・五次元舞台劇粉絲的女藝人對談。水口不論在舞台上或電視上，隨時隨地都綻放著光芒。

季節流逝，轉眼間到了四月。

從明天起，《舞台版　吸血鬼DRIVE》就要上演了。

這齣戲的原作是超人氣少年漫畫，主角由水口飾演，編劇則是鐵砲塚真太郎。由於《暗黑偵探　現場懸疑劇》的成功，鐵砲塚在二．五次元舞台劇的業界也打響了名號，不過仍舊有不少人擔心，個人風格強烈的鐵砲塚劇本是否能夠順利呈現於少年雜誌連載的原作。不過當結果出來，就證實這只是杞人憂天。就我看到的總彩排來說，沒有不自然的場景。少年漫畫的王道風格與鐵砲塚真太郎的個性巧妙融合，水口也成功演出這樣的劇本。每個人都各自做出妥協，似乎合作得很順利。

這齣戲獲得成功，水口應該就會成為明星。

但是那又怎麼樣？

我的日常生活不會因此遭到破壞。

不論水口如何飛黃騰達、成為全日本最有名的演員，都與我無關。

因為我已經不再當演員了。

我雖然還沒有與經紀公司解約，不過已經好一陣子沒有參加甄選會，也沒有參加練習，因此幾乎等同於離開了。經紀人三上先生打過電話給我，但我都不予理會。契約方面，只要我不理它，應該就會自動解除吧。

我已經是一般人，今後會以純粹的觀眾身分欣賞二．五次元舞台劇……不，不對。我原本就不喜歡二．五次元舞台劇。我並不喜歡。

2

無業。

今年春天開始得到的新稱號，讓我感到臉上無光，直接回家感覺心情很沉重。

也因此，我難得地去找鹿間。

到了那棟屋子，我翻過圍牆進入庭院，打開別屋的門。今天的門也沒有上鎖。

「是我。我要進去了。」

我依照長年以來的禮貌，打過招呼之後上了二樓。

我打開拉門，鹿間就站在我面前，讓我嚇了一跳。

「小麥，你之前在做什麼？怎麼都沒有聯絡？」

鹿間問我。

「就算要聯絡，你也沒有電話。而且我們年底不是才見過面嗎？那是最近的事吧？」

「最近？你把四個月前的事情稱作最近？」

「又不是情人，我可不想被你用這種理由抱怨。」

「小麥，你有情人嗎？」

「重點是，你到底想說什麼？冷靜點，鹿間，發生什麼事了？」

「你沒參加甄選會吧？又沒有去練習，整天無所事事。」

「你怎麼知道？」

「你的頭髮變長了，也變得有點駝背，肌肉退化，表情沒有活力。」

「又不是福爾摩斯，不要憑這些線索來亂推理。」

「那你現在有參加甄選會嗎？」

「呃，這個……」

「我有點替你擔心。自從鐵砲塚那件事以來，你就怪怪的。」

「我不當演員了。」

直到現在都無法說出口的實話，此時突然像溜出嘴巴一般說出來。

鹿間以彷彿自己受到傷害的表情，對我說「你先坐下吧」，邀我到暖桌前。

在鹿間泡茶的時候，我望著背後巨大的書櫃。

幾乎遮蔽牆壁的書櫃上，放滿各式各樣的書，包括古典文學、劇本、寫真集、甚至還有遊戲攻略本。主題繁雜的書櫃，就是鹿間的主張與個性。鹿間不會歧視任何文類，具備以純粹的心靈享受閱讀的才能。

才能嗎？

這是我缺乏的東西。

「如果你想說，我可以聽你說。」

鹿間端茶給我。

「沒什麼好說的。我只是不適合當演員，所以不當了。就只有這樣而已。」

「你不當演員，要做什麼？」

「我還沒有決定，不過總之得先打工才行，因為我現在是無業。我總不能像你這樣變成藺居族。」

「你不當演員之後要做什麼？」

「我怎麼知道？總之我已經厭煩了。」

「對於當演員？」

「應該說是對於我自己吧。」

我無法通過甄選會，無法喜歡二．五次元舞台劇，也無法接受成功的人。我對這樣的自己感到厭煩。即使繼續當演員，我也無法讓自己得到成長，那麼乾脆早早放棄，埋沒在日常生活當中吧。

鹿間看著我好一陣子，表情變得稍微和緩說：「那就好。」

「你說那就好是什麼意思？」

「看來你不是多卡咚咚。」

「那是什麼？」

「你不知道嗎？好像是在這裡……」

鹿間伸手要拿書櫃上的書。

「啊，你不用告訴我了。現在的我對任何東西都沒有興趣。」

「對了，我發現很有趣的東西。」

「我就說沒興趣了……」

「星期三劇團。」

啊？

這傢伙剛剛說什麼？

「前幾天我得到某個資料，上面有星期三劇團的新情報，絕對值得一見。」

我的背脊發涼。

心跳變得劇烈。

星期三劇團。

殺死我哥哥的劇團。

3

星期三劇團　四月公演

《貓的首級》

作者：葛原述邊男

導演：御廚健

美術：武井良彥

音樂：塚田錠儀

二十世紀最佳表演呈現的怨念實驗舞台。是「地獄的虛構」，還是「虛構的地獄」？看過就會死掉的詩情喜劇！

這是我第一次看到的海報，不過如果只有這樣，那也沒什麼好驚訝的。星期三劇團的各種情報都裝在我的腦子裡，包括每次公演的組成人數、劇目與內容、這個劇團如何開始又如何結束……知道這一切的我，對於主要成員的名字、《貓的首級》這齣被詛咒的劇目，都耳熟能詳。然而這張海報上還多了新的情報。

招募公演會員

欲申請請聯絡：東京都新宿區富久町四丁目5－46　葛原逑邊男

「有地址……你是從哪裡得到這張海報？」

我勉強問了這個問題。

「在拍賣網站上。繭居族的我沒辦法去實體店鋪。」

「哦，這樣啊……」

「小麥，你的反應太冷淡了，我以為你會更高興。」

「沒有，我是太過驚訝，不知道該如何反應。」

「這麼一來，有關《貓的首級》的調查就會有進展。也許能夠解決。」

「解決？」

「你長年追究的謎團，或許終於能夠解決。」

「看過就會死掉的舞台劇」。

這是《貓的首級》附帶的宣傳詞，不過實際上真的出現了死者，其中之一就是我哥哥。

我是和哥哥一起去看至今為止是最後一次上演的《貓的首級》。

然後只有哥哥死了。

搖啊搖。

搖啊搖。

我似乎又要想起屍體的畫面。沒有什麼東西比醒著時做的惡夢更讓人毛骨悚然。我敲了敲自己的頭。

「小麥……」

「嗯？沒事，只是有點不舒服，敲一敲就好了，跟以前的電視機一樣。」

「你不要緊嗎？」

「更重要的是，鹿間，這張海報看起來好像是很久以前的，葛原逑邊男未必還住在這上面的地址。」

「我已經確認過了。」

「你親自去確認過了？」

「我在網路地圖上確認的。」

「這樣啊。」

「我確認過，那裡有一棟獨棟房屋。葛原很有可能現在仍舊住在那裡。不過也要他還活著才行。」

「關於這一點，只能期待日本男性的平均壽命了。」

葛原逑邊男今年五十歲。

如果他還活著，如果能夠見到他，我就能聽他親口說明。

關於《貓的首級》的事。

關於殺死哥哥的舞台劇的事。

「小麥，為了慎重起見我想問你，你想要見葛原嗎？」

「那當然。而且剛好我現在無業。我幾乎想要立刻去找他。」

「那就請嗶嗶學長跟你一起去吧。」

「啊？為什麼？」

「我還是不放心讓你一個人去見葛原。」

「什麼意思？」

「這種時候，還是需要嗶嗶學長。」

真的嗎？嗶嗶學長腦筋不太正常，而且曾經在演員之路遭受挫折，更重要的是他是我哥哥的摯友，對於間接殺害哥哥的葛原浤邊男，就算懷有跟我一樣複雜的心情也不足為奇。我完全不認為有必要跟嗶嗶學長一起去。

於是我假裝傳簡訊給他。

「好了，我和嗶嗶學長取得聯絡，明天會一起去葛原浤邊男的家。」

「真的嗎？」

鹿間以懷疑的眼光看著我。我對他說「我會再跟你聯絡」，然後離開別屋。

4

次日下午一點，我來到新宿。

當然是一個人。

海報上面的地址最近的車站是曙橋站。我因為是在新宿站下車，因此必須走很長一段路。我頂著高樓風前進，發覺到街上的氣氛逐漸變化。在某一個區塊，現代化的建築物消失，可是又稱不上住宅區，形成很奇妙的平衡。我用手機確認位置。下一個轉角右轉，就是葛原述邊男的家。

到了。

這是很常見的獨棟房屋，因此我在放心的同時也感到有點掃興。院子裡沒有擺放奇怪的石像，門口也沒有排列烏鴉的屍體，門口名牌上很規矩地寫了「葛原」，還有附攝影機的對講機。我幾乎想都沒想就按下呼叫鈴。

『請問是哪位？』

擴音器傳來聲音。這是有些模糊的男人聲音。

我的心跳加快到疼痛的地步。

不安與緊張的情緒突然湧上來。

我依舊幾乎想都沒想就開口。

「那、那個，請問是星期三劇團的葛原述邊男先生的府上嗎？呃，那個，我在以前的海報上看到地址，特地來訪。我想要請教葛原先生一些事情……」

我等了一分鐘左右，大門打開了。

這張臉雖然蒼老，但的確是葛原述邊男。

在照片上看過好幾次的臉孔，此刻出現在眼前。

頭部的血管發出撲通撲通聲，讓我心煩。

哥哥的幻影搖來搖去，讓我心煩。

「這位客人好年輕。你真的是我的粉絲嗎？」

葛原逑邊男從門縫窺探著我。

我不記得說過自己是粉絲，不過還是姑且回答「是的」。

「雖然知道會造成困擾，不過我有些問題務必想要請教葛原先生。」

「我沒有出名到會受不了不速之客。你叫什麼名字？」

「啊，敝姓麥倉。」

「麥倉？」

「小麥的麥，倉庫的倉。」

葛原逑邊男停頓了一下。這是他屏住呼吸的時間。

「該不會是……那個麥倉？」

「麥倉匠是我哥哥。」

說出口之後，我才想到現在說出來還太早，但已經來不及了。

葛原逑邊男的表情變了。

他的臉色變得蒼白，嘴唇很明顯地開始顫抖。

「你、你回去吧！」

「請等一下，我是來問……」

「我沒什麼要說的。我什麼都不知道！」

「請別誤會，我不是來指責你的。我只是想問一些問題。」

「你想要問《貓的首級》的事情吧？就是那齣『看過就會死掉的舞台劇』！我什麼都不知道。我只是寫了劇本，跟那種類似都市傳說的話題無關。快回去吧！」

「我哥哥是在看了你的舞台劇之後死掉的。」

「那又怎麼樣？不回去的話，我就要叫警察了……」

葛原逑邊男從大門探出頭。

「哈哈哈哈哈！」

不知從哪裡傳來狂笑聲。

下一個瞬間，葛原逑邊男便發出呻吟。

仔細一看，他的脖子上纏繞著細細的繩子。

就如在電視上看到的鰹魚一支釣（註10）一般，葛原逑邊男被驚人的力氣拉了起來，因

註10：在船上以一根釣魚竿釣起鰹魚的捕魚法。

為突然窒息而痛苦，終於失去意識。

「哈哈哈哈。看到了沒，小麥，你得感謝我的隨機應變！」

說話的是披著黑色披風的男子。

雖然不知道怎麼跑上去的，不過嗶嗶學長站在葛原家的屋頂上，操作著釣魚竿，臉上帶著非常得意的笑容。

我感到非常受不了。

「你在做什麼……」

「你問我在做什麼？當然是偵探囉。今天我們兩個要來當偵探吧？好了，小麥，我替你開闢了一條活路。趁屋主昏倒的時候，趕快進屋裡吧！接著就可以一舉進入解謎篇！」

就如鹿間所說的，或許還是需要嗶嗶學長。

但是我想要的並不是這樣子的故事。

5

葛原述邊男的屋子維護得很好。客廳經過適度的整理，家具也很有品味，沒有在大型量販店隨便購買的產品。話說回來，屋內整體而言有些老舊，看起來像是屋子本身感到疲累。

「嗶嗶學長，你怎麼會在這裡？」

「我聽小鹿說的。」

順帶一提，小鹿是指鹿間。

也就是說，我的把戲被看穿了。

穿著黑色披風的嗶嗶學長擅自從廚房拿出綠茶和日式點心，仍舊保持滿面笑容開始吃。我為了盡到學弟的義務，便詢問他服裝如此怪異的理由，他回答「因為是偵探嘛」。這身裝扮怎麼看都比較像怪盜而不是偵探。話說回來，這樣的嗶嗶學長已經是二十五歲的社會人士了。想到這樣的人也能踏入社會，我就感到有些安心。

被抬到沙發上躺著的葛原述邊男依舊沒有醒來的跡象。

嗶嗶學長邊啜飲綠茶邊問：

「對了，小麥，這個男的是誰？」

「他是葛原述邊男，星期三劇團的編劇。」

「他的臉看起來死氣沉沉的。」

「那是因為差點被嗶嗶學長殺死了吧？這次的事情，你沒聽鹿間說嗎？」

「是要來當偵探吧？超興奮的！」

「不是，我是指葛原逑邊男和星期三劇團的事。」

「小鹿沒有特別跟我說什麼，不過阿匠以前好像提過。」

「我哥？」

「可是我忘記了。我真的什麼都會忘記。」

「這不是值得驕傲的事情吧？」

「所以說，在這傢伙醒來之前，你先對我說明吧。什麼是星期三劇團？」

事實上我並沒有太多資訊可以告訴他。星期三劇團是昔日的團體，而且只是一個小眾劇團。即使是戲劇迷，大概也很少人會知道。

一九八〇年代末期的某個星期三，就讀東京都內藝術學校的幾名學生創立了星期三劇團，主要成員是葛原逑邊男、御廚健、武井良彥三人。星期三劇團度過了昭和與平成之間的微妙時期。他們在天橋上、十字路口、神社旁邊、國會議事堂前等各種場所即興演出，有時還會引來警察關注。這樣的活動有人厭惡，也有人讚賞。

「星期三劇團隨著人氣增長，陸續發表作品，像是《吃時鐘》、《阿波利奈爾的陷阱》、《偽作・義經千本櫻》、《巴克巴克42》、《箱內的人》……葛原逑邊男在短短兩年當中，寫了八部劇本。」

「小麥，你看過他們的戲嗎？」

「已經是二十多年前的事了。還有，星期三劇團堅持不留下影像紀錄。」

「為什麼？」

「大概因為他們是地下劇團吧。」

「嗯，我完全不懂。」

「後來《貓的首級》上演了。」

然而這齣戲在公演開始之後不到一個星期，就停止公演。

因為有人死了。

而且是很多人。

最早是有觀眾看完首日公演回家之後，口吐白沫死去。接著在次日的第二天公演，又有看完戲的觀眾在回家途中被卡車撞死。然後再次日的第三天公演，則發生了決定性的事件。

竟然有人在演出中死亡。

這名觀眾立刻被送到醫院，但心跳已經停止。媒體聽聞這個消息，再加上「看過就會死掉的舞台劇」這樣的宣傳詞，使得葛原逑邊男被電視台攝影機包圍。喜歡受到矚目的星期三劇團理應將之視為大好機會，進而大肆宣傳一番，但葛原逑邊男卻選擇沉默。《貓的首級》

遭到封印。

被封印的不只是這齣戲。

星期三劇團解散了。

「不只是大騷動，沉默也同樣可以助長傳說的形成。就這樣，星期三劇團成為內行人才知道的傳奇劇團。」

「那你怎麼會看過那齣《貓的首級》？」

「因為重新上演的關係。」

三年前的星期三，擔任導演的御廚健突然在網路上宣告，為了記念劇團創立二十五週年，將重新上演《貓的首級》。

我哥哥是戲劇迷，週末會連看好幾齣戲，平常喜歡收集昔日舞台劇的宣傳冊，甚至還偷偷寫了劇本。他對星期三劇團的傳說相當著迷，知道《貓的首級》要重新上演便欣喜若狂。

於是我們去看了《貓的首級》，然後只有哥哥死了。

6

「……很抱歉，我真的什麼都不知道，也沒有參加三年前的創立記念公演。那是御廚自作主張搞的。我不上網，甚至連《貓的首級》重新搬上舞台的事，也是過了一陣子才知道。」

葛原revoke邊男恢復意識之後摸著脖子說話，似乎感到疼痛。

與其說是陳述，倒比較像是在辯解。

對於自己作品的辯解。

對於自己罪行的辯解。

我想要聽的不是這些。

「請告訴我，《貓的首級》到底是什麼？」

「這口氣真像是訪談啊。那齣戲的原型是我在高中時期寫的故事。我並不覺得寫得很好，不過當時必須要立刻推出新作，所以我就找出以前的題材修改。你……看過那齣戲？」

「是的，我看的是三年前的重演版本。」

「有什麼感想嗎？」

「三年前我才十五歲，所以感覺有些艱澀……」

老實說，我並不理解那齣戲有什麼厲害。

一群劇團成員拿到據說看過的人都會死掉的舞台劇劇本，名叫《貓的首級》，然後在舞台上演出這齣戲——我理解這是某種後設結構，但也只理解這一點。十五歲的小鬼看了，大概完全無法理解那齣作品。即使到了十八歲的現在，我也未必能夠理解。

「沒關係。」

葛原逑邊男以低沉的聲音打斷吞吞吐吐的我。

「如果是現役時期又另當別論，可是我現在已經引退了，不論觀眾怎麼想或是沒有任何感想，我都不在乎。對了，你想要從事戲劇方面的工作嗎？」

「你停止寫作，是因為《貓的首級》嗎？」

我為了隱瞞各種事情，便以問題回應問題。

「可以這麼說。」

葛原逑邊男點頭。

「你當時不覺得……那是很好的機會嗎？難得可以利用負面新聞來炒作宣傳。」

我鼓起勇氣詢問。

以激進著稱的星期三劇團得到了「看過就會死掉的舞台劇」這麼巨大的火種，不是應該拿來到處點火，才符合他們的風格嗎？我從以前就對這一點感到疑惑。

「在劇團解散之前，御廚也對我說過類似的話。他說：『難得有人死了，應該有效利用才對。』我一開始也這麼想，打算拿這個話題來賺一筆，可是後來我收到了信。」

「信？」

「是過世的觀眾家屬寄來的，要求我們『請務必停止上演這齣戲』。寫信的是那名觀眾的女兒，還是個小學生，字跡很幼稚。我剛好也有個當時年齡很相近的女兒。」

「原來你結婚了。」

「不過現在是單身。」

葛原逑邊男環顧客廳。我也跟著環顧四周，發覺到這棟屋子不是整理得很澈底，而是沒什麼生活跡象。沙發和餐桌都像樣品屋般沉默，只是存在於那裡，沒有使用過的氣氛——不，甚至沒有痕跡。

「我讀了那封信，心中的想法就改變了……雖然這麼說，其實我也不知道這是不是真正的理由。也許只是開始搞劇團時激進的刀刃變鈍了，也許是疲於繼續創作，也許是『多卡咚咚（註11）』。」

「多卡咚咚？」

「總之，我看了那封信就決定要引退，和戲劇界的人也斷絕關係。我現在是個計程車司機。」

註11：取自太宰治的短篇小說〈トカトントン〉。主角在聽日本二戰戰敗宣言的廣播時，剛好聽到軍營傳出的敲釘子聲（多卡咚咚），之後每當熱衷於任何事物時，就會幻聽到這個聲音並失去熱情。

「御廚健為什麼要再度上演《貓的首級》？」
「我也不知道，不過御廚直到最後都反對劇團解散。」
「你知道御廚健的聯絡方式嗎？」
「我已經丟掉所有地址了。不過在那次重新上演之後，也沒聽說他有繼續活動。或許只是我不知道而已。」
「你認為《貓的首級》真的……具有詛咒效果嗎？」
「呵呵，我開始理解西條八十（註12）的心情了。」
「我想要聽你親口告訴我，有沒有詛咒。」
「怎麼可能會有詛咒？這就是我的意見，也是一般的社會常識。我沒有別的話要說了。對……沒有話要說。這樣可以了嗎？」
他想要結束對話，再這樣下去就要結束了。我把視線轉向嗶嗶學長，希望他能夠提供掩護射擊，但是他只顧著吃日式點心，還說「這個點心真好吃」，一點都派不上用場。
「如果你還想要找我談，就打電話給我吧。」
葛原逑邊男走向現在已經很少見的電話台，從現在同樣很少見的黑電話旁邊拿了便條紙過來，然後寫了電話號碼遞給我。
「最後……可以讓我問個問題嗎？」

「什麼問題？」

「你哥哥是怎麼過世的？」

「是自殺。」

我想要說明得更詳細卻發不出聲音，感覺好像嘴裡被塞滿了保麗龍般，喉嚨很渴。我的腦袋變得朦朧，思緒變得散亂。或許因為如此，時間軸也扭曲了，現在與過去倒反過來，那一天的景象再度浮現在眼前。

哥哥的房間。

繩索。

搖啊搖。

繩索搖啊搖。雙腳搖啊搖。繩索。搖啊搖。繩索……

「他是在幾歲的時候過世的？」

葛原述邊男繼續發問。

我把這句話當作繩索般抓住，勉強回到現實，回答「二十二歲」。我的聲音很沙啞。

註12：西條八十（一八九二～一九七〇）是日本詩人。他的詩作〈トミノの地獄〉曾經發生「出聲朗讀就會死掉」的都市傳說。

「二十二歲，就某種觀點來說，比十幾歲的時候更多愁善感。你哥哥是不是很喜歡我？」

「他很崇拜你。」

「你有喜歡的東西嗎？」

「我不知道。」

「這樣就好。這樣才好。」

葛原逑邊男一本正經地說。

我們離開了葛原家。

我和嗶嗶學長並肩走在一起。

「小麥。」

「到現在你還要說什麼？」

「不可能會有詛咒這種東西。阿匠不是因為那種莫名其妙的理由死掉的。」

「這種事我也知道。」

「阿匠是因為想要死才死的。不想死而自殺，那才真的是莫名其妙。」

「哦……」

「好了，我還有工作，下次再一起當偵探吧。再會！」

他的出場和退場同樣突然，飄揚著黑色披風離去。他該不會穿著那身打扮就去工作吧？我心想，如果是嗶嗶學長，難保不會做出這種事。

我在新宿隨便打發時間，到了晚上就回到吉祥寺。

來到家門前，我突然感到心情沉重。

我突然說要放棄當演員，又不去找打工，成天遊手好閒，不知爸媽對這樣的我怎麼想。不是我自誇，我從小一直都是好孩子，不曾讓爸媽傷過腦筋，現在卻突然變成這樣，他們一定很失望。也許他們在想，如果哥哥還活著就好了……我鼓起勇氣，伸手打開大門。唉，回自己家裡還要特地鼓起勇氣，實在是有問題。

這時我發現一個很大的信封從信箱露出來。

信封的收件人寫的是我的名字，裡面有《舞台版　吸血鬼 DRIVE》的劇本。

另外還有一封信。

麥倉：

今天在《舞台版　吸血鬼 DRIVE》的公演結束後，飾演普林尼的小野寺就骨折了。明天上午十點開始，將在經紀公司舉辦決定替代人選的緊急甄選會。如果你願意的話，希望也能夠來參加。大家都很擔心你。

久川

7

「我不打算批評原作，可是普林尼是男扮女裝的魔法少女這種設定太奇怪了。要在舞台上實際找男生來演這個角色也大有問題。鐵砲塚果然什麼都不懂，怎麼會讓這種角色來當準主角！我個人覺得普林尼應該讓女演員來演。啊，不過也許這樣就違反了二．五次元舞台劇忠於原作的規矩。話說回來，普林尼原本是古羅馬學者的名字。怎麼會找這種名字來命名……」

窩在暖桌的鹿間總算從《舞台版　吸血鬼 DRIVE》的劇本抬起頭。「呼，我看完了。」他邊說邊吁了一口氣。

「對了，小麥，那個叫……小野寺嗎？就是第一天飾演普林尼的那個演員，感覺怎麼樣？」

「小野寺的聲音很高，以男生來說臉蛋也算可愛。」

「小麥，你的臉蛋也很可愛唷。」

「真噁心。」

「我只是在告訴你，你去演普林尼也沒有太大的問題。」

時間是上午十點。

此刻《舞台版　吸血鬼DRIVE》的緊急甄選會剛好開始，即將決定替代骨折的小野寺的演員。

我當然沒有去參加甄選會。我不可能會去。可是靜靜待在家裡也很難熬，因此我不自覺地就拿著《舞台版　吸血鬼DRIVE》的劇本到鹿間的別屋，然後把劇本塞給鹿間，自己則滔滔不絕地訴說不滿。鹿間邊聽我說話邊閱讀劇本，現在剛好讀完。

鹿間把劇本放在暖桌上說：

「光看劇本並不算壞。這次搬上舞台的是原作當中最受歡迎的哥爾果達篇，光是複誦漫畫台詞就很有趣了，再加上鐵砲塚獨特的詮釋，營造出正面意義的文學氣息。普林尼的戲分的確很多，或許也是很難飾演的角色，不過這點應該由演員的才能來補足。」

「演員的才能？哈。」

「啊，對了，小麥，你可以在這裡演這個場景嗎？台詞是：『怎麼可能！我的結界竟然會崩壞……世界末日到了喵！』」

「這是什麼可恥的懲罰遊戲？」
「當演員就不要害羞。」
「這就像是要求聲優在私下場合發揮演技一樣。」
「那是什麼可恥的懲罰遊戲？」
「看吧！我也不想突然就在這裡演戲。而且，光憑我看過總彩排的感想，普林尼這個角色老實說還是很勉強。要男扮女裝，又要穿裙子，更可恥的是句尾，竟然是『喵』欸！」
「小麥，你從剛剛就一直在抱怨。」
鹿間打開筆記型電腦，用熟練的動作操作。螢幕顯示網路上看過首日公演的感想。
『水口的阿爾卡德又帥又可愛。我原本只是抱著輕鬆的心情去看，卻被拉進沼澤無法自拔了……』
『祈禱場景好好笑（笑）。水口以外老實說都不夠深入角色。再加點油吧。』
『座位很後面，不過視野很好。能參戰實在是太棒了！阿爾卡德真的好有氣勢。』
『雖然早就知道普林尼的設定，可是實際看到覺得好無力。這部分不能想想辦法嗎？』
『從第一場公演就熱血沸騰！水口最後的致詞讓我忍不住大哭了（笑）。』
『太棒了。水口的確演得很好，不過大家都很棒！希望可以成為長久持續的劇目。』

就我看總彩排的成果，水口的確完美無缺，充分展現出主角阿爾卡德的魅力。看來觀眾也很滿意。不過我還是得再說一次，他的演技給我的印象就是很乖巧。

當然也有人認為重要的是角色，演員的個性無關緊要，主張演員應該完全排除個人意識的演技論也頑強地殘留著。可是我希望看到的，是水口在理解阿爾卡德這個角色之後，表現出他自己的光彩。

「普林尼果然還是很微妙。」

我的評語避免透露出對水口的想法。

「不過對於水口的讚賞是一面倒的。」

「我在談的是普林尼。在大家為水口狂熱的氣氛當中，要飾演困難的普林尼一角，一定很難發揮吧。」

「現在的水口的確受到狂熱的支持。即使在舞台上出錯，觀眾大概也會為此開心吧。」

「那傢伙才不會出錯。」

「你還真信任水口。」

「先別提他，奇怪的是鐵砲塚。他的劇本為什麼要給普林尼這麼多戲分？也許他真的還是局外人，不了解二・五次元舞台劇的困難點……」

「有位落語家說過，『現實就是正確答案』（註13）。」
「你在說什麼？」
「這是那位師父對遇到瓶頸的弟子所說的話。書在這裡，你要不要讀讀看？」
「不用了，你說給我聽。」
「那位師父告訴弟子，即使把自己發展不順利歸咎於時代、歸咎於消費者、嫉妒成功的人、議論那個人的缺點，自己周圍的現實也不會改變。」
「我並沒有覺得是時代有問題，也沒有嫉妒任何人。說實在的，我已經不再當演員了，不論舞台劇變得怎麼樣，我都不在乎。」
「哦？那你為什麼要提那麼多劇本的缺點，還談論飾演普林尼的困難？」
「唔……」
「小麥，你根本不應該在這種地方謾罵，應該去參加現在舉辦的甄選會才對。你之所以不去而在這裡抱怨，是因為這樣比較輕鬆。可是現實才是正確答案。詛咒世界、批評他人，現實都不會改變。」
「我不想聽說教。」
「這不是說教。我只是看到你在同樣的地方繞圈圈，實在看不下去。我從以前就對你有很高的評價。」

「那就去開一個稱讚我的部落格吧。」

「江戶時代的演員過著比現在的你更不安穩的每一天。他們沒有受到幕府保護，甚至還成為被取締的對象，只能靠演出的門票費用生活。他們沒時間抱怨，甚至犧牲睡覺時間不斷努力。當時沒有社會保險的組織，演員的身分地位也很低。你知道江戶時代演員的地位嗎？」

「不知道……」

「天保改革（註14）的時候，因為『擾亂風紀』的理由，遷移了演員的住處。當時的演員不是以『人』而是以『匹』來計算。他們也不被允許批判幕府，無法隨心所欲地創作戲劇。在這樣的困境當中，創作者也能寫出前衛的故事，民眾看了之後也報以喝采。到了今日，歌舞伎成為國家認證的傳統表演藝術。」

「你還真是喜歡歌舞伎。」

「我喜歡的是所有舞台表演，以及所有故事。話說回來，歌舞伎因為古老，不能否認會一再重複……別誤會，歌舞伎之所以會重複，是因為那就是歌舞伎的形式。所謂的形式主義，

註13：落語是日本傳統表演藝術的一種，由一名落語家在舞台上述說具有趣味的故事。這裡提到的插曲為第七代立川談志對弟子立川談春說的話。

註14：江戶時代後期進行的改革，始於天保十二年（一八四一年）。改革期間曾施行嚴格的儉約令，打壓歌舞伎等庶民娛樂。

就是Mannerism。歌舞伎有只屬於歌舞伎的道路，其他類型的戲劇也有其獨自的道路。」

「你的話還是這麼拐彎抹角。也就是說，你在二．五次元舞台劇看到發展的潛力吧？」

我這麼說，鹿間便淺笑一下，聳聳肩說：

「不愧是小麥，不是白白跟我認識了這麼久。沒錯，我對於二．五次元舞台劇抱持很大的期待。不只是歌舞伎，它打算破壞至今為止的歷史孕育的東西。」

「你會不會給它太高的評價了？它沒有做那麼複雜的事情，只是很怪而已。」

「這就是重點，很『怪』才是關鍵。各種戲劇過去隱藏得很好的『怪』的感覺，被二．五次元舞台劇一下子呈現出來。誇張一點地說，就是打開了潘朵拉的盒子。」

「的確很誇張。」

「日本演員演出莎士比亞戲劇、明明沒有馬卻假裝在騎馬、在戰火中突然唱起歌來——戲劇花了長久的時間，把這些充滿吐嘈點的世界觀打造成沒有不自然感覺的東西，教育觀眾這就是戲劇的『形式』。可是二．五次元舞台劇卻把這一切都推翻了，再度把『怪』的感覺拉回觀眾面前。歌舞伎始祖出雲阿國在四条河原跳舞的時候，表演中既沒有樣式也沒有形式，當然也沒有歷史依據。現場看到舞蹈的人除了興奮，或許也感受到更多一點的羞恥吧。因為這樣的表演很『怪』。所以像你這樣冷眼看待二．五次元舞台劇，就某方面來說是正確的。」

「多謝誇獎。」

「我不是在誇獎你。」

「不論你說什麼，我已經不再當演員了。還有，我現在很忙，必須解開《貓的首級》之謎才行。」

「關於這件事，有什麼進展嗎？」

「完全沒有。」

「嗶嗶學長有沒有說什麼？」

「他還是老樣子。不過他說過，不可能會有詛咒這種東西。」

「不愧是嗶嗶學長。他說得沒錯。」

我已經沒有話題可說，就從鹿間的書櫃隨手拿起書來看，後來對此也感到厭倦，就離開了別屋。然而我也不想回家，就在家電量販店漫無目的地亂晃，又到百貨公司的屋頂吃便當打發時間，不知不覺中就已經到了傍晚。

打電話給葛原述邊男吧。

這個念頭在我腦海中浮現不只十幾二十次，但是我不知道該說什麼。總不可能討論《貓的首級》的詛咒吧？就如嗶嗶學長說的，根本不可能會有詛咒這種東西。

即使如此，還是有四個人在看過《貓的首級》之後死亡。

哥哥也是其中之一，而他是自殺的。因為自殺而送命的哥哥，或許和《貓的首級》無關。但這麼一來，當時葛原沭邊男的反應就很奇怪。當我報出麥倉的姓氏時，他為什麼會出現那麼大的反應？難道我忽略了某個重大的線索嗎？

我決定先去圖書館一趟。圖書館有報紙的縮小尺寸存檔，或許能夠從舊報紙中找到被害人的姓名、死因，甚至這些人之間意外的關係性。如果有什麼忽略掉的地方，只要找出來就行了……

這時手機震動了。

我打開手機，看到一封寄給眾多收件者的郵件，內容是我隸屬的經紀公司的前輩獲選為新的普林尼演員。

這樣啊。

那又怎樣？

8

次日，剛獲選飾演普林尼的澤邊因為腳受傷而被迫退出，《舞台版　吸血鬼 DRIVE》決定停止公演。這項決定公布後，過了幾天，網路上開始出現有關《貓的首級》的傳言，說是《貓的首級》的劇本流傳出來，而飾演普林尼角色的演員搞不好都讀了那部劇本。

就這樣，我和《貓的首級》產生越來越強大的連結。

9

一、栗澤保（二十一歲） 死因：不明

二、圖師忠勝（二十四歲） 死因：車禍

三、原田尚幹（二十七歲） 死因：中毒

四、麥倉匠（二十二歲） 死因：自殺

「你看被害人的名字，每個人的姓和名字都有『口』吧？像是『栗』、『圖』、『幹』這些字。星期三劇團的戲劇《箱內的人》當中，有一個連續殺人犯專門殺害名字裡有『口』的人。犯人會不會就是模仿那齣戲去殺人？另外也可以注意到，被害人姓名開頭的字分別是

『ku』、『zu』、『hara』（註15），拼在一起就是葛原（kuzuhara）。也就是說，兇手利用被害人的名字……」

「你真閒。」

鹿間一句話就推翻我在圖書館花一整天查到的情報，以及由此得到的推理結果。

《舞台版　吸血鬼 DRIVE》停止公演之後，到今天已經過了五天，但不論是新的普林尼演員候選人、或是公演重新開始的日期，都處於未定的狀態。

我能做的事情，就只有偵探遊戲而已。

「如果你對我的調查有意見，就提出反駁的理由吧。」

我無法忍受推理結果被一句話駁回，因此便這麼說。

「你說這是調查？如果說在圖書館翻報紙上的新聞、發表亂七八糟的推理就是調查，那實在是太天真了。我就來告訴你吧，你的第一個推理說，被害人姓名當中都有口，不過因為你哥哥的緣故，規則就被破壞了。栗澤保、圖師忠勝、原田尚幹，這三人的確在姓氏和名字裡面都有口，可是你哥哥叫麥倉匠，只有『倉』字有口。」

「那第二個推理又怎麼說？」

「就是第一個音節分別是『ku』、『zu』、『hara』的說法嗎？這個規則也因為你哥哥被攪亂了。加入麥倉（mugikura）的『mu』或『mugi』，都沒辦法拼出葛原逑邊男（kuzuhara nobeo）這個名字。」

「犯人或許不是要拼出全名，而是想要寫句子，譬如『葛原很討厭（kuzuhara mukatsuku）』，或是『葛原很愛女兒（kuzuhara musume wo aishiteiru）』之類的……」

「我很難想像你是認真的。還有，你雖然使用犯人這個詞，可是你哥哥是自殺的。」

「我知道。」

「你該不會想說，『那是偽裝成自殺的他殺』吧？」

哥哥的房間。

雙腳搖啊搖。

脖子搖啊搖。

「你哥哥是自殺，這個現實是無法改變的。」

搖啊搖。

搖啊搖。

吊掛在天花板的哥哥。

我看到哥哥的臉。

註15：栗澤、圖師、原田三人的姓，羅馬拼音分別為「kurisawa」、「zushi」、「harada」。

「吵死了。」

我說這句話的聲音比我想像的更大聲，讓我自己都嚇了一跳。

鹿間有些尷尬地垂下視線，望著暖桌的木紋好一陣子，終於小聲地說「對不起」。

「沒有，我才應該說對不起。」

「我可以理解你很焦急。畢竟長久以來一直掛在心上的問題，總算有可能獲得解決。可是我希望你冷靜一點。」

「我很冷靜。」

「你找到所謂的犯人之後，打算做什麼？」

「做什麼？」

「你要報仇嗎？」

這個意想不到的問題讓我感到不知所措。

報仇？對殺死哥哥的人報仇？我想要做那種事嗎？

我完全說不出話來。這時鹿間讓我看筆記型電腦的畫面，說：「就在你做這些事的時候，又有新的發展了。」

獲選飾演《舞台版　吸血鬼DRIVE》普林尼角色的小野寺和澤邊之所以受傷，會不會是因為讀了《貓的首級》——在二·五次元舞台劇的粉絲之間傳著這樣的謠言，而且網路上開始流傳據說是《貓的首級》劇本的文章。我感到很奇妙。到了現在，《貓的首級》和星期三劇團竟然會掀起這麼大的風浪。

鹿間邊操作筆記型電腦邊說：「就我找到的範圍來說，號稱是《貓的首級》劇本的文章最早出現在網路上，是在澤邊受傷、宣布停止公演的次日，也就是三天前。飾演普林尼的兩人受傷之前，《貓的首級》並不存在於網路上。當然也可能只是我沒找到而已。」

成天只讀書和上網的鹿間都沒找到，那應該真的不存在吧。也就是說，演員受傷和《貓的首級》無關。雖然這也是理所當然，但是知道《貓的首級》效力的我，卻不禁覺得這個傳言很有真實感。

對於三天前開始在網路上引起熱潮的異常現象，我有一個堪稱關鍵性的疑問：

「網路上流傳的《貓的首級》為什麼是偽作？」

沒錯。故事內容、劇中角色的名字，全都不一樣。

至少跟我實際看過的不一樣。

最大的差別就是內容很無聊。

真正的《貓的首級》與其說無聊，不如說很艱澀，因此我當時覺得「無法理解大概是自己能力不足吧」，但這次的偽作純粹只是無聊而已。

「小麥，你的疑問非常有道理。既然要做的話，應該使用真實的劇本。」

「我一開始以為是御廚健做的。」

「御廚健就是星期三劇團的導演吧。」

「三年前把《貓的首級》重新搬上舞台的好像也是他。所以我以為御廚健想要利用網路，恢復星期三劇團的人氣。」

「那麼葛原應該也要列入嫌疑犯名單才行。」

「葛原逑邊男據說不上網。」

「那是他本人說的吧？小麥，你以前不是也這樣被騙了嗎？」

「他的客廳放了從前的黑電話，也沒有看到電腦。而且就算是葛原逑邊男做的，也沒辦法解釋使用《貓的首級》偽作的理由。我想這應該是和星期三劇團成員無關的傢伙做的。」

「是惡作劇的犯罪吧？」

「大概就是這樣。」

某個閒人聽到《貓的首級》的傳言，出於好玩的心態隨便寫了劇本上傳，然後另一個閒人發現之後，連結到《舞台版　吸血鬼 DRIVE》停止公演……大概就是這麼回事吧。他們本人大概也沒想到會引起這麼大的討論。

不過鹿間似乎不太能接受這個解釋，喃喃地說：「如果是惡作劇，題材選擇和時機未免太巧了。而且如果是『看了就會死掉的舞台劇』還可以理解，可是『讀了就會受傷的劇本』，等級下降得未免太多了吧？」

「喂，鹿間，沒必要去想那麼多吧？劇本既然是假的，應該跟葛原述邊男無關……啊！」

「小麥，怎麼了？」

「我剛剛想到很可怕的事情。這該不會是我們經紀公司自導自演的吧？」

「你說的經紀公司，是『Sky Fish』？」

「《舞台版　吸血鬼 DRIVE》現在異常引人注目吧？如果重新開始公演，一定會吸引很多觀眾。我們的經紀公司就是為了這個目的才做出這種事，小野寺和澤邊其實都沒有受傷。」

「……小麥。」

「你那是什麼眼神？」

「我以藺居族的專家身分向你提出忠告，你最好稍微睡一下。」

我和鹿間分別，獨自走在巷子裡。或許是因為用腦過度，我忽然想吃甜食。這時我想到哥哥也喜歡吃甜食，特別喜歡銅鑼燒。他曾經獨自一人一口氣吃完別人送媽媽的一盒十二個銅鑼燒。我很難得想起生前的哥哥而不是吊死的場景，因此心情變得好多了。

這時我接到電話。

打來的是經紀人三上先生。

好不容易恢復的心情一瞬間就掉落谷底，拿著手機的手也變得沉重，但我開始覺得一切都很麻煩，沒有多想就按下通話按鈕。

『阿麥，你終於接電話了。』

「承蒙你的關照。」

『舞台劇決定重新開演了。六月初開始。沒想到這麼快吧？正確地說，是因為空出來的只有這個時間，所以硬塞進去。』

「重新開演？詛咒的事不要緊嗎？」

我這樣問，三上先生便以厭煩的聲音說：

『搞什麼？連你都說這種話……聽好了，阿麥，我們做舞台這一行的人的確會祈福驅邪，可是不能因為這樣就以為真的有詛咒存在。』

「是這樣沒錯啦。」

『日期也決定了，繼續延期會造成損失。阿麥，好好加油吧。普林尼一角的甄選會是後天，詳情我會傳郵件給你……』

「三上先生，我不打算參加甄選會。」
『你幾歲了？』
「十八歲。」
『我是三十七歲。對十八歲的阿麥來說，三十七歲歐吉桑講的話，大概蠢到聽不下去吧？』
「沒這回事……」
『沒關係，年輕就是這麼回事。即使如此我還是要告訴你，你太廢了。』
「你說話還真直接。」
我用力握緊手機。
『你既不是百年難得一遇的奇才，也不是前途受到保障的名門世家貴公子。如果有時間鬧彆扭，還不如更熱血一些。』
「我才沒有鬧彆扭。」
『我一直到國中都在練柔道，不過實際上並不喜歡。有一次道館舉辦不分等級的比賽，我剛好對上小學生。當時我國二，對方是小學五年級，個子又小。你猜結果怎麼樣？』
「應該是輕鬆獲勝吧？」
『可是那傢伙氣勢十足，非常認真。結果依照裁判判定，我輸給了那傢伙。我當時並不會感到不甘心。對我來說，柔道根本不重要，也不覺得輸給比自己小的對手有什麼丟臉。可是過了一陣子，衝擊才姍姍來遲。雖然未必是因為這個理由，不過我後來就不練柔道了。』

「作為說教用的故事，編得還不錯……」

『阿麥，我了解你的態度。這種工作不管做多久，都不會像話劇或古典戲劇那樣得到肯定，對將來一定也會感到不安。可是輸就是輸，你是輸家。這樣沒關係嗎？我不覺得你有演員之外的路可以走。很抱歉跟你囉嗦這麼多，拜拜。』

電話掛斷了。

接下來，因為沒什麼特別好說的，我就迅速帶過吧。我沒有去參加甄選會，獲選飾演普林尼的新演員是同屆的笹原。

現場報導就到此為止。

10

笹原獲選飾演普林尼的四天後晚上，嗶嗶學長聯絡我問「不當偵探了嗎」，並約我要請我吃飯，地點是附近的烤肉店。隔著白煙看到的嗶嗶學長穿著運動服和涼鞋，問他為什麼這樣穿，他說出令人似懂非懂的理由：「請學弟吃烤肉的學長，當然要穿運動服！」嗶嗶學長雖然已經不當演員了，但是在服裝方面，直到現在還是很有演員風格。他在臨死之際，一定會喜孜孜地穿上壽衣吧。

「怎樣，小麥，事件解決了嗎？」

「完全沒有進展。」

「那就來當偵探吧！當偵探！」

「嗶嗶學長，你好像很愉快。」

「你好像覺得很沒意思。」

「當然不愉快了。我原本以為終於可以解開哥哥的死亡之謎，可是一點進展都沒有。」

我原本以為可以很輕易地解決。

我以為只要質問葛原逑邊男，就可以解決《貓的首級》和哥哥死亡之謎，但是情況非但沒有進展，甚至還開始出現《貓的首級》的其他傳言，更增加了混亂的程度。真相到底是什麼？基本上，以目前的狀態，甚至不知道是否真的有真相這種東西。

「話說回來，小麥，你真的一直在想阿匠的事耶！」

嗶嗶學長邊吃烤肉邊以慣例的滿面笑容這麼說，讓我不禁火大。

「你這話是什麼意思？」

「什麼話是什麼意思？」

「嗶嗶學長，你太薄情了。還是說你是故意的？明明不當演員了，卻還繼續演戲，難道不會有點過分嗎？」

「演員？演戲？」

「我聽哥哥說過，嗶嗶學長……曾經想要當演員吧？可是最後你還是放棄了，變成現在這樣。我全都聽說了。」

聽我這麼說，嗶嗶學長臉上的表情消失了。我心想，原來他也能擺出這樣的面貌。我感到有一點害怕。

「你聽阿匠提起過我不當演員的理由嗎？」

「沒有……」

「喂，小麥，我並不是放棄當演員，而是不當了。這點很重要，來，跟我說一遍。」

「我為什麼要跟你說這句話？」

「跟我說一遍！」

「不是放棄當演員，而是不當了……」

「還有，我也不是薄情。好朋友自殺了，我當然會很難過。因為我是人類呀！」

「那……」

「就算難過，也不能沮喪一百年、兩百年。因為我還活著啊！你稱這是薄情？喂，小麥，我可以理解你的心情，可是請你好好區別活人和死人的差異。」

「不可能的。我不像嗶嗶學長一樣壞掉了，也不是鐵打的。」

「你就這樣鬧彆扭去當演員，又鬧彆扭不當演員了？」

「你怎麼知道我不當了……」

「我什麼都知道。因為我是學長啊！」

「你也知道我想要成為演員的理由？」

「你該不會把阿匠自殺的事當理由吧？」

「我不會這樣，可是我對舞台產生興趣是受到哥哥的影響。我感到很糾葛。」

「我覺得你一點都不糾葛。」

「哥哥喜歡地下戲劇。我第一次在哥哥的房間發現地下劇團宣傳單的時候，老實說感到超尷尬的，不過同時也莫名其妙地深深受到吸引，於是就去拜託哥哥，要他帶我去看舞台劇。就這樣我第一次去看舞台劇……然後感覺有電流通過全身。」

沒錯，有電流通過全身。

至今沒有體驗過的衝擊、思考和文化，在我全身上下流竄。我理解到在那個時候，自己獲得了新生。我領悟到自己應該前進的道路。

「小麥，你第一次看的舞台劇是什麼樣的內容？」

「超人秀。」

「嗯？」

「我說了，是超人秀。就是電視演的那種五人組戰隊超人。在東京巨蛋城上演的那種。我哥大概覺得不應該讓小學生一下子就去看地下戲劇吧。啊，不過那是很正式的演出，要買票坐在觀眾席上，最後還有握手會……」

「等等，不過那是超人秀吧？」

嗶嗶學長感到困惑。這是很難得的反應。

「有什麼關係。我是在那裡改變了人生觀。那場演出真的……很棒。」

即使到現在，我不用閉上眼睛也能重現當時的景象。

五名超人在舞台上飛舞。

為了被打倒而存在的怪物敵人。

射出好幾道光束的聚光燈。

震耳欲聾的背景音樂。

會場中孩童發出的叫聲。

我為這一切震懾。我喜愛這一切，一切都是那麼美好。如果能夠再度體驗那個瞬間，我一定會因為太幸福而死掉。

這時我的手機響了。

是三上先生打來的。

「喂……」

我得知令人震驚的消息。

獲選飾演普林尼一角的笹原，因為手臂受傷住院，但是公演已經無法再延期，因此要立刻舉辦甄選會。

又有人受傷？

這已經是第三個人。

要歸因於偶然，人數未免太多。

這時我首度對於《舞台版　吸血鬼DRIVE》周遭的狀況感到恐懼。我純粹地感到害怕。

嗶嗶學長看我結束通話之後仍舊一臉呆滯，便對我搭話，但我沒有聽見。

「小麥，你怎麼了？喂，你聽得見嗎？」

「……我現在總算聽見了。真奇怪，耳朵明明沒辦法闔起來。」

「該不會是大型經紀公司來挖角？」

「有人受傷，所以又要舉辦甄選會。公演已經沒辦法延期了，可是下一個人搞不好又會受傷。如果《貓的首級》、詛咒……」

「冷靜點。」

「這是詛咒……」

「冷靜點。你如果這麼慌亂，就會看見原本看不見的東西，還會被貓詛咒。來，喝下烏龍茶，深呼吸，然後吃點肉。我很少會像今天這樣發揮溫柔本色喔！」

我依照他的建議喝下烏龍茶，深呼吸，然後吃肉。雖然沒辦法真的就這樣冷靜下來，思考也雜亂無章，但總是比什麼都不做來得好。我一邊喘氣，一邊說明《貓的首級》和《舞台版 吸血鬼 DRIVE》如何以奇妙的形式連結在一起。

嗶嗶學長一面吃肉一面默默地聽我說話，接著他吞下嘴裡的肉，平靜地對我說：

「小麥，我知道你現在同時想要做很多事，那麼我就在這裡給予你寶貴意見吧。自己能做的只有一件事。來，跟我說一遍。」

「自己能做的只有一件事……」

「這世上有那種可以一邊賣汽車一邊開發火箭的老闆，可是那種人很稀少，大部分的人都只能做一件事。麵包店是麵包店，書店是書店，蘋果店是蘋果店。」

「我是……」

「你是什麼人？演員？還是偵探？」

「我是……」

「別裝出沒有發覺到的表情。你想要成為其他人的電流吧？」

「電……流？」

「你從一開始想做的就只有這個，當演員的理由也是這個。你不要自己攪亂了自己要走的道路。」

我從餐廳衝出去，帶著塞滿烤肉和烏龍茶的胃奔跑。我在夜晚中奔跑，不顧側腹部開始疼痛繼續奔跑。我不知道有多久沒有這麼認真奔跑了。

我和哥哥常常賽跑。每次都是哥哥跑在前面，我連一次都沒有贏過。即使像這樣什麼都不做地繼續生活，總有一天也會追上並超過哥哥的年齡。我感覺到這是很殘酷的一件事。

我到達屋子，翻過圍牆，伸手打開別屋的門。門沒有上鎖。平常我會先打一聲招呼說「是我。我要進去了」，此刻卻沒有這樣的從容，直接奔上樓梯。

我打開拉門，黑暗的和室鋪著棉被，座敷童子躺在上面。

「唔～我吃不下了……」

我毫不留情地叫醒正在做老套美夢的鹿間。他似乎難得感到驚訝，高聲問：「小麥？你怎麼來了？」

我擅自開燈。

鹿間似乎還半睡半醒，摸著翹得很嚴重的頭髮，在棉被上一臉茫然。

「喂，鹿間，快起來。」

「……你身上有好重的烤肉味。」

「我有事想要問你。」

「在那之前，我想先喝一杯茶……」

鹿間以緩慢的動作披上日式棉襖，爬行到暖桌，泡了兩人份的茶。我按捺急躁的心情坐在他對面，喝下他端出來的茶解渴。在這段時間，鹿間的意識也變得清醒，雖然仍強忍呵欠，不過總算進入能夠聽我說話的狀態。

我能做的只有一件事。

差不多也該決定自己要走的路了。

我是什麼人？

「喂，鹿間，我想聽你說你之前提到的落語家故事——就是遇到瓶頸的弟子和他師父的故事。『現實就是正確答案』那個故事。你記得嗎？」

「喔……我當然記得。即使歸咎於時代或消費者、嫉妒別人、對自己現在的地位感到不滿意，現實仍舊不會改變。你要聽的就是這個吧？」

「那個弟子為什麼會遇到瓶頸？」

「他拜師之後，過了幾年有個師弟進來。那個師弟相當難搞，而且又非常優秀，特別受到師父關愛。另一方面，他當時和師父大吵一架，甚至沒辦法跟著師父上課。」

「真糟糕。」

「師弟不斷進步，自己卻一直處於低潮。就在這個時候，他被師父那樣說教。於是他就覺醒了，或者也可以說，像是有電流通過全身。」

「電流？」

「沒錯，有電流通過全身，嗶哩嗶哩這樣……哈啊～電鰻遭受一百萬伏特的電擊，唔……」

「起來。」

「嗯……咦？小麥，早安。我剛剛說到哪裡？」

「電流通過全身的弟子，是怎麼改善現實的？」

「他停止感到自卑，決定正視現實。對於師弟，他也不再嫉妒或厭惡，而是比過去更積極地接觸對方。就這樣，他能夠接受師弟的個性和對方非凡的才能……好想睡。」

「再忍耐一下。那傢伙最後怎麼了？他會贏師弟嗎？」

「沒有，先晉升為『真打』（註16）的是師弟。他知道之後，自願擔任師弟晉升派對的主持人。師父聽到這件事，似乎也很驚訝。」

「……」

「就這樣，他成功改變現實。他做的事情很簡單，只是正視現實而已。面對折磨著自己的現實，分析失敗原因並加以處理，就能迎接自己想要看到的現實……呃，小麥，你滿意了嗎？我還想睡。呼哇。」

「滿意了。那我要走了。」

「嗯。」

「鹿間。」

「幹嘛？」

「你好好去上學吧。」

我說完就離開別屋。

我感到很興奮。

身體在發熱。

這種感覺有如電流通過，全身上下好像都爆發出很有活力的劈劈啪啪聲。

我趁還沒有改變心意前打電話。

「喂，水口嗎？是我。呃……不是，那件事就別提了。很抱歉這麼突然，現在可以跟你見個面嗎？那個，我有很多事情想要問你。」

11

鐵砲塚真太郎在甄選會場的會議室看到我，劈頭就直接說：

「我不打算當壞人，可是還是要問你，你到現在還來這裡做什麼？」

「今天請多多指教！」

「我們的路線應該不同才對。」

註16：「真打」是落語家當中最高的等級。

「今天請多多指教！」

「別看我這樣，我其實滿會記仇的。你罵我的話，我都記得清清楚楚。」

「今天請多多指教！」

「好……那就開始甄選吧。報出號碼、經紀公司和名字。」

「今天請多多指教！十二號，隸屬於『Sky Fish』，敝姓麥倉……」

之後——

不知是水口的建議奏效，或是對方沒有挑選演員的餘地，姑且不論我是否憑自己的力量改變了現實，我總算通過了甄選。

就這樣，我贏得了普林尼的角色。

12

我因為情緒激昂而顫抖。

自從得到這個角色之後，我就像膽小的兔子般身體痙攣。

不安與緊張、以及還無法明確命名的心情摻雜在一起，讓我鎮定不下來。練習時還好，但待在家裡時，獲得了角色的現實便猛然逼近眼前，都已經快要正式演出，心情卻仍舊無法安定下來。我從來不知道，登上舞台的演員懷著這麼黑暗的孤獨。

基於這樣的理由，我在結束練習回家之前，到車站前的麥當勞讓心靈休息。我點了起司漢堡和可樂，坐到位子上。我一口氣喝下可樂，但卻很難稱得上爽快。黑暗的感情縈繞在心中，讓我感到沉鬱。定睛一看，細雨打溼了速食店的窗戶。沒想到自己的心情和天氣會同步，我也真是不中用。

仔細想想，我這輩子還是第一次要站在可以容納九百多個觀眾的劇場。

我試著想像自己打扮成普林尼站在舞台上的樣子，卻像對焦有問題的相機般，景象變得模糊，無法正確映出來。不過，我可以輕易想像到觀眾盯著扮演普林尼的我的視線。

普林尼的戲分很多，又是很難演好的男扮女裝角色，觀眾的眼光想必也會很嚴格。實際上，對於小野寺飾演的普林尼，就很少正面的評價。再加上《貓的首級》的騷動，使得《舞台版 吸血鬼DRIVE》受到各方矚目。我覺得自己快要被壓力壓垮了，但仍努力要把壓力轉變為能量。絕對不能挫敗，我必須加油。如果我不去演，這齣戲就無法成功……

喀噠喀噠喀噠。

我無意識地抖腳，使椅子發出聲響。

喀嚏喀嚏的聲音不知何時開始從耳朵侵入腦中，把我心中的熱情完全消滅。

反正有水口在。

觀眾大半都是為了水口而來的。就算我犯了錯，水口一定也會設法掩護，當成自己的功績。不論我再怎麼努力，都會埋沒在水口的光芒下。

我明明通過甄選，心情卻好像在下大雨。

我感到自己彷彿又回到起點，非常難受。

不知不覺中，我就拿出智慧型手機，讀著網路上流傳的《貓的首級》劇本。

我知道詛咒並不存在，卻懷著某種黑暗的期待繼續閱讀。話說回來，《貓的首級》的偽作真的很無聊，不知該說是空洞還是怎樣，感覺就好像喝下稀釋的柳橙汁。這到底是誰寫的？我沒看過這麼沒有才能的人。這傢伙真的喜歡戲劇嗎？他曾經在看舞台劇的時候，感受到全身有電流通過嗎……

嗯？

這種感覺，就好像收訊不良的收音機有一瞬間播出清晰的聲音。

雜訊立刻又變得嚴重，幾乎把那個聲音淹沒。

我連忙很謹慎地——就好像從水槽拯救虛弱的金魚般——朝著自己的想法伸出手。我剛剛在想什麼？想到什麼？腦中浮現什麼樣的點子？

是惡作劇的犯罪吧？

鹿間曾經這麼說。

我可以理解，《貓的首級》的偽作並不是為了惡作劇而寫的。內容雖然糟糕到令人啼笑皆非，但我知道這是為了某種迫切的理由散布在網路上。因為我跟這傢伙是同類。同類？跟誰同類？

啊！

我完全理解了。

我理解了一切。

我衝出麥當勞。

沸騰的腦袋有好一陣子沒發覺到自己忘了吃起司漢堡，也沒發覺到雨下得越來越大。打在柏油路上的雨水把我淋成落湯雞，但我毫不在乎地跑向車站。吸了水的鞋子變得沉重。我想要跑得更快，想要像飛舞般奔跑。

這時我的手機突然震動。

「嗶嗶學長？」

『你在哪裡？』

「我在車站前面……吉祥寺站。」

『我去載你！』

不到一分鐘，轟隆隆的聲音就接近而來，機車停在我旁邊。

機車發出震耳欲聾的怠速聲，騎在上面的是穿著連身皮衣、戴著全罩式安全帽的男人。

「我們走吧！」

安全帽擋風鏡後方的嗶嗶學長臉上，照例是滿面笑容。看到他這副表情，雖然是在這種時候，卻讓我感到莫名地安心。

嗶嗶學長等我坐上後座、戴上安全帽，就急速發動機車。

機車全速奔馳，怎麼看都不可能在法定速限之內。我緊挨著嗶嗶學長的背部，不久之後都會的景象映入眼簾。機車進入巷子，停在一棟獨棟房屋前方。

我急忙按了門鈴。

沒有反應。

再按一次。

沒有反應。

他是假裝不在家，還是……

「哇哈哈哈！」

戴著安全帽的嗶嗶學長把頭撞向窗戶。

窗玻璃被豪邁地打破了。

嗶嗶學長絲毫不以為意，穿著鞋子就衝入客廳。我也進入客廳。客廳裡沒人。嗶嗶學長邊脫下安全帽邊衝上樓梯，我也跟隨在後。

我們打開樓梯盡頭的門，裡面是書房。長年使用的書桌、皮革椅、小小的床、擺滿書本的書櫃、看似用來記錄點子的記事本、咖啡杯、電子辭典、筆記型電腦、印表機、手機……

在陳列著這些東西的房間中央——

葛原逑邊男吊掛著。

葛原逑邊男的脖子上套著從天花板垂下的繩索，口中發出類似呻吟的聲音。

他的臉很紅，舌頭邋遢地垂下，雙腳不停搖晃。

搖啊搖。

就像自殺的哥哥。

就像我發現哥哥的時候。

嗶嗶學長以驚人的氣勢衝向葛原迣邊男。

隨著繩索拉扯斷裂的聲音，兩人墜落到床上。

葛原迣邊男流著口水，本能地拉開自己脖子上纏繞的繩索。接著或許是因為渴求氧氣的肺部驟然活動起來，他開始劇烈咳嗽。

我朝著這副德性的葛原迣邊男大喊：

「你這個混蛋！」

我撲上去揍他。

我揍他的臉、揍他的肚子。我發出不成聲的聲音，揍了他好幾拳。我無法控制自己。

「夠了吧。」

嗶嗶學長從背後抓住我的雙臂。

還不夠。

對於殺死哥哥的兇手，光是這樣還不足以原諒。

我怒吼：

「你這個混蛋！你以為你死了之後就完成了嗎？我絕對不容許這種事。是你殺的！是你造成的結果！」

葛原迣邊男蜷縮在床上好一陣子，接著緩緩起身，擦拭被血和唾液弄髒的嘴巴，低聲說：

「不只是你哥哥……大家都死了。四個人都死了……最後只要我也死掉就完成了。拜託，讓我自殺吧！」

13

「栗澤保、圖師忠勝、原田尚幹、還有我哥哥，都是自殺的。他們感受到了電流。這四人看過《貓的首級》，打從心底為這個故事折服，醉心於這齣戲而成為俘虜。他們被《貓的首級》決定了人生。」

書房內寂靜無聲。

嗶嗶學長和葛原逑邊男都沒有說話。

從天花板垂下來的剩餘繩索彷彿無所事事地搖晃著。

因為大家都不說話，只好由我繼續主導話題。

「嗶嗶學長，你知道《貓的首級》大概的內容嗎？」

「我聽過，可是忘記了。」

「簡單地說就是劇中劇，也就是故事中的故事結構。在劇中看過《貓的首級》的人會一個接著一個死掉，是一齣後設戲劇。那四個人認為看過《貓的首級》之後死掉，才是對這個故事的正確回應。這就是自殺的動機。」

「我完全無法理解。」

這也是很正常的。隨著不同場景換上黑色披風或連身皮衣等服裝的嗶嗶學長，不論就好或壞的方面來說，都無法執著於同一個故事。宣稱自己喜愛所有故事的鹿間大概也一樣。

但那四人不同。

他們毫無抵抗地執著於發出電流的《貓的首級》，願意為了最喜愛的《貓的首級》賭上性命。

他們深信自己的死就是完成作品的最後一片拼圖。

寫出這齣《貓的首級》的葛原逑邊男，此刻縮在書房的角落。

看到他這副窩囊的樣子，哥哥或許就不會自殺了——我不禁想到這種毫無意義的念頭。

我也為了自己，繼續說明下去：

「就如嗶嗶學長所說的，詛咒並不存在。也因此，這四人應該說是為了讓人以為詛咒『存在』而死。他們是為了故事而死給大家看。另一方面，《舞台版　吸血鬼DRIVE》的演員讀了《貓的首級》而受傷，則是不同的原理發揮作用。第一個退出的小野寺應該是真的受傷，可是從第二個人開始就不一樣了。」

「他們是自己傷害自己的。」

他們逃避了。

他們逃避站上舞台。

因為《貓的首級》的傳言，《舞台版　吸血鬼DRIVE》成了眾人關注的焦點。期待程度已經提升到極限。

在那樣的舞台上飾演主角的是水口，他當然會受到矚目。不論自己多麼努力，觀眾都是為了水口而來的。至於普林尼是男扮女裝的角色，難度很高，不論如何努力一定都會受到嚴苛的評價。

簡直就是地獄。

被拋入這樣的處境，不難想像一定會承受非比尋常的壓力，而我也是如此。雖然只有一瞬間，但我甚至想到「如果受傷就可以退出了」。

澤邊和笹原在某個階段心力交瘁了。

也因此，兩人傷害了自己，退出舞台。

我繼續說：

「連結《貓的首級》和《舞台版　吸血鬼 DRIVE》的主謀，就是眼前這個葛原逑邊男。至於這傢伙得知《舞台版　吸血鬼 DRIVE》的契機，大概就是我。他或許用那台電腦搜尋過我的名字。經紀公司的網頁上，還有我的基本資料和宣傳照片。在調查我的過程中，他得知二・五次元舞台劇的存在，找到《舞台版　吸血鬼 DRIVE》，掌握了有人受傷導致公演暫停的情報。葛原逑邊男利用了這一點。根據鹿間的調查，《貓的首級》最早出現在網路上，是在決定暫停公演的次日。葛原逑邊男透過巧妙的安排，把演員受傷的理由弄得好像是因為讀過《貓的首級》，可以說就像在猜拳時慢出吧。」

在那之後連笹原都受傷了，慢出的猜拳比葛原逑邊男想像的還要成功，也因此網路上直到現在也熱烈討論著《貓的首級》。

我直視葛原逑邊男。

「告訴我，你為什麼沒有把真正的《貓的首級》放到網路上，而是上傳偽作？」

「那是我的新作。」

葛原逑邊男的聲音堂而皇之到令人意外，並以同樣堂而皇之到令人意外的表情接受我的視線。

「這麼說，你一開始就不打算引退，只是在逃避《貓的首級》害觀眾死掉的事實嗎？你只是一直在害怕自己寫的作品的力量吧？」

「我不害怕任何東西。對於自己的作品殺了人這件事，我甚至還感到驕傲。」

葛原逑邊男直視著我。

他眼中燃燒著殘餘的野心火苗。

殘餘的火苗說：

「雖然對你過意不去……不過這就是我的真心話。這是無法動搖的。你想揍我就揍吧。」

「那麼你為什麼要引退？」

「我應該告訴過你，我收到了一封信。」

信。

事件死者家屬寄來的信。

小女孩寫的請求。

葛原逑邊男說過，他當時有個女兒，可是那又怎麼樣？我無法理解「為什麼要為了這種事隱退」，是因為我才十八歲嗎？是因為我相信，和戀愛或家人比起來，展現自己的才華更重要嗎？如果我年紀更長、有了家庭，這樣的想法會消失嗎？然後又會復甦嗎？如果是這樣，那麼我們背負的東西也未免太麻煩了。

葛原逑邊男繼續說：

「我封印了自己的才能。呵呵，這種說法很帥吧？我並不在乎自己的作品害他人不幸，不過當現實中有人死亡，死者家屬又要求我停止……我也是有情感的。我不是殺人狂，不是暴力裝置，而是劇作家。」

我想起第一次見到葛原逑邊男時他的反應。

他看到我，大概覺得第二封信穿越時空寄來了吧。

我不由得說出類似辯解的話：

「我並不是……為了那種理由來找你的。雖然說揍了你……」

「你的拳頭真有力量。」

「我只是想要從你口中聽到真相。只是這樣而已。如果說哥哥看了《貓的首級》而自殺，我也只能接受。不過如果是這樣的情況，我希望你一開始就告訴我。」

「把《貓的首級》的真相告訴你，等於是在自誇。一旦自誇，我馬上又會產生欲望，想要再度公開活動，想要將自己的才華展現在世人眼前。表演者就是這樣的生物。」

「你想說是我害的嗎？你的確透過網路，想要重出江湖吧？」

「看到《貓的首級》和星期三劇團在網路上擴散，我很得意。演員接二連三受傷的時候，我甚至以為自己的作品真的產生了詛咒效果。」

「詛咒並不存在。」

「沒錯，只有電流。在這場騷動當中，只要我死了，《貓的首級》就會成為留名青史的大作。」

「你真的打算自殺嗎？」

「為了作品不惜犧牲自己的生命，應該是很正常的吧？」

「那次是怎麼回事？三年前重新搬上舞台的《貓的首級》，真的是御廚健自己搞的嗎？」

「御廚跟我提過要重新上演的事。他說『我們再去殺人吧』。我沒有參與，但是也沒有阻止他，只是假裝沒看見。」

「為什麼……」

「還需要問嗎？我怎麼能夠拒絕《貓的首級》重新上演的誘惑？」

我其實很想要大喊「我搞不懂你這種心態！」然後再揍他一拳，可是遺憾的是，我知道《貓的首級》具有能夠殺死觀看者的電流。即使勉強在自己心中做出妥協而封印起來，遇到甜言蜜語的邀約時，絕對無法抵抗。

我是演員。

葛原述邊男是劇作家。

兩者都想要向世人展現自己的才華，無法克制地想要試探自己擁有多麼強大的電流。

我們的年齡和立場雖然不同，但是就「表現自我」這一點來說，則是相同的。我們同樣拚命，懷有同樣危險的想法。

葛原述邊男擦拭流下來的血說：

「我並不希望你原諒我。當時我如果阻止御廚，你哥哥或許就不會死了。」

「御廚在哪裡？」

「我也不知道。重新上演之後，他跟我聯絡說『我打算去美國闖一闖』，後來就音訊全無。那個男人說了永遠的謊言還活著。我真羨慕他。」

「在網路上散布的《貓的首級》偽作，真的是……呃，你的新作嗎？」

「我引退之後，一邊從事計程車司機的工作，一邊仍舊在寫劇本。那部劇本是其中之一，大約在兩年前完成，我只把標題改為《貓的首級》上傳，對我來說是相當有自信的作品……」

「很無聊。」

「什麼？」

「很無聊，無聊得要命。我還是第一次讀到那麼無聊的故事。」

「不是我不甘心硬要強辯，可是你看了《貓的首級》也無法理解吧？」

「沒錯。我非但沒有感受到電流，連靜電都沒有，可是我當時還是覺得自己觀賞到很厲害的作品，也想要更用功學習，希望自己有一天能夠理解。《貓的首級》具有那樣的力量，可是那部新作真的只是偽作而已。」

我說完，葛原滤邊男便泛起無力的微笑。「你的批評或許很精確吧。」他喃喃地說。

「我自己最清楚，我已經江郎才盡，但是我還是想要寫作、想要發表。」

「太窩囊了。」

「你總有一天也會遇到這樣的狀況。」

「我會當演員。我已經決定要當演員，直到我的演技能夠給予其他人電流。」

「電流是危險的東西。就像你哥哥遭遇的，有可能攸關性命。」

「可是我還是要去做。不論我的電流成為什麼樣的東西……我都不會放棄當演員。」

「站到世界的中心之前，我都不會滿足！」

我懷抱著強烈的熱量這麼說。

「我今後會越來越有名，所以我希望你活到那麼久，然後我希望你能夠寫出新作。」

「新作？」

「由我來演。」

「……那也不錯。」

葛原述邊男以驚訝的眼神看著我，我也對說出這種話的自己感到驚訝。我的心情為什麼會如此清爽？

嗶嗶學長稍微聳聳肩，然後說：

「偵探遊戲結束了嗎？那就回去吧。對了，小麥，你的表情很不錯。」

「表情很不錯……嗎？」

「就好像詛咒解除之後的表情。」

啊，原來如此。我也受到《貓的首級》的詛咒，而且詛咒的影響比任何人都要來得深，完全陷入其中。

14

「怎麼可能！我的結界竟然會崩壞……世界末日到了喵！」

「不能放棄。你的結界生成能力是最高的。我來爭取時間，你再張開一次結界吧！」

水口飾演的阿爾卡德只要動一下，感覺就會被他拉走。

以阿爾卡德為中心，舞台上產生強烈的磁場。我每次接近阿爾卡德，就會差點忘記普林尼這個角色。從戲服的裙子露出的腿上起了雞皮疙瘩。

我由衷感到欽佩。

今天的水口是最強的。

眾多觀眾都看著水口。

沒有人在看我。

我不會為了這種事而心碎。

這種事一開始就知道了。

而且——

「結界生成喵！」

張開嘴巴，就像這樣。

只有在這個瞬間，我可以成為主角。

隨著我說出的台詞，整齣戲也來到最高潮。雷射光線掃過觀眾席，光雕投影的影像華麗呈現，背景音樂震耳欲聾。站在舞台上的演員都感受到健康的疲勞。幾乎洗掉舞台妝的汗水、籠罩在舞台上的熱氣、以及包圍這一切的觀眾席氣氛，讓我們每個人都感到暈眩。體力達到極限，喉嚨也很渴，只希望能夠喝到一滴水。

加油，再撐一下。不論是喜是悲，今天都是最後了。今天是公演最後一天，到此一切就結束，並且將有新的開始。下一齣戲決定之後，參加甄選會被刷掉或通過，然後是下一齣戲，還有再下一齣戲……

這樣的幸福直到死亡都會持續下去。

為了能夠持續到死亡，必須付出努力。

或許是還差一點就要結束的想法讓我一時大意，我的雙腿忽然失去力量，好似開關被關起來，幾乎當場倒下。

糟糕，要倒下去了——在我這麼想的瞬間，水口向我伸出手。

阿爾卡德和普林尼是盟友。向受傷的朋友伸出援手，並不會不自然。我感謝水口的即興演出，抓住他的手重新站穩姿勢。看著我的水口露出一半是阿爾卡德一半是水口弘樹的笑容。相較於完美的阿爾卡德演技，這個笑容的分量感覺稍微多了點。

「站到世界的中心之前，我都不會滿足！」

熱烈的掌聲響起。

掌聲證明了舞台大獲成功閉幕。

向觀眾鞠躬的時候，我仍不免感到在意，看了我飾演的普林尼，有多少人感受到電流？

不……還是算了。這不是現在的我要想的問題。《舞台版　吸血鬼 DRIVE》的主角是水口，我甚至稱不上是陪襯他的角色，而是受到他引導。

也因此，雖然明知不用我來說，不過請給他如雷的掌聲。

我早早離開慶功宴，回到吉祥寺。穿過車站前的區域進入巷子裡，看到聳立在前方的大宅第，我內心突然輕鬆許多。

在此同時，也感受到稍微多一點的緊張。

「是我。我要進去了。」

座敷童子今天也在房間裡。

我這位朋友穿著日式棉襖，臉孔因為長久沒有曬到太陽而白皙，頭髮長達背部。他正聚精會神地看著筆記型電腦，發覺到我來了便抬起頭。

「嗨，小麥，好久不見。《舞台版　吸血鬼 DRIVE》所有公演都結束了吧？辛苦了。我如果不是藺居族，一定會親眼去看你在舞台上的……」

「你到底知道多少？」

鹿間聽到這個問題並沒有顯得慌亂，而是露出不解的神情。

我說出事先準備的話：

「看過《貓的首級》的四個人是自殺的，演員受傷是自導自演，在網路上散布《貓的首級》偽作的是葛原逑邊男——這些事情，你到底知道多少？」

「喂，小麥，我沒辦法離開這個房間，怎麼會有辦法……」

「你不是誇口說，不需要走出房間也能掌握我的私事和喜怒哀樂嗎？」

「我好像的確說過這種話。」

「我要去葛原逑邊男家的時候，嗶嗶學長和我會合，那也是你安排的吧？」

「你為什麼這麼想？」

「我當時沒有拜託嗶嗶學長『請載我到葛原逑邊男的家』，他卻直接騎到那裡。嗶嗶學長什麼都不知道，不可能會主動載我到那裡。」

要不是有比任何人更早得知真相的人在幕後安排，不可能會有那樣的發展。

這個人既不是我，也不是嗶嗶學長，那就只有鹿間了。

鹿間闔上筆記型電腦，照例開始泡茶。雖然大概不到兩分鐘的時間，我卻感到很漫長。

不久之後，鹿間開口：

「不是我拜託的，是嗶嗶學長自己採取的行動。」

「這麼說，嗶嗶學長全都知道了嗎？」

「沒有人知道嗶嗶學長在想什麼。他不會給人推理的機會。我之所以佩服嗶嗶學長，正是因為這個理由。好了，我來說說自己的想法吧。如果葛原沒有打算自殺，我原本不打算做任何事。就算告訴你《貓的首級》的真相，你也不會變得比較開朗；至於演員主動傷害自己，那也只是他們自己的問題。更重要的是，只要我保持沉默，這一切都會自動結束。」

「就連《貓的首級》的偽作是葛原逑邊男散布的這件事，你也不打算說出來嗎？」

「那也是他本人的問題……葛原還好嗎？」

「嗯，活得好好的。」

「那就好。看到網路上異常熱烈的討論，我本來擔心他會為了完成《貓的首級》的詛咒而自殺。」

「你連這個都知道了，為什麼沒有說出來？」

「那是因為……」

「你不是跟我約定，只要我好好聽你說話，你就會毫不隱瞞地全部告訴我嗎？」

「我才沒有那麼說。」

「你有說。」

「我沒說。」

「你有說。」

我不肯退讓，鹿間便看著自己的手，賭氣地說「我才沒說」。他這副模樣實在是太好笑了，讓我差點笑出來。

鹿間仍舊以賭氣的表情說：

「你當時處在很重要的時期。我擔心如果告訴你真相，會毀了你的人生。」

「那樣的話，你一開始幹嘛告訴我星期三劇團的新情報？」

「我不是偵探，也不是全知全能。當我拿到星期三劇團的海報時，沒有想到事情會變成那樣。而且你當時變得很脆弱，我只是希望能夠讓你開心……我是說真的。」

「我知道。」

沒錯，我知道。

我知道鹿間的溫柔。

因此我對他說：

「你每次都幫了我很大的忙。」

鹿間難得露出不好意思的表情。

「小麥，我可以替你做精神分析嗎？」

「精神分析？」

「你之所以對於二．五次元舞台劇沒辦法認真起來，或是輕視討好群眾的文化，是因為你對娛樂封閉自己的心靈……我是這麼想的。」

「繼續說吧。」

「你經歷過哥哥的自殺，無法接受快樂的東西、讓自己心情愉快的東西。」

「當然也許有一點關連，可是已經過三年了。」

「我也認為『時間能夠解決悲傷』這種說法一般來說滿正確的，只是小麥不屬於這樣的情況。」

「為什麼？為什麼只有我？」

「因為你哥哥喜歡戲劇。對於你哥哥喜歡的文化，你就像當作聖經一樣信奉，可是你老是沒有通過甄選，得到的工作也都是二．五次元舞台劇。你對這樣的情況感到焦躁，因此開始討厭娛樂作品……我是這麼想的。」

鹿間說明完畢的瞬間，我發出爆笑。

這不是嘲笑，而是真正發自內心的笑聲。

鹿間默默地看著大笑的我。

「喂，鹿間，我之所以討厭陳腐的東西，純粹只是喜好問題。就像你說的，我既憤世嫉俗又是個權威主義者。可是——」

「嗯？」

「這樣的我至今為止看過最喜歡的舞台演出，就是第一次和哥哥一起去看的超人秀。」

「嗯……」

「鹿間，謝謝你一直守護著我。」

「那當然。我們是朋友啊。」

「明天葛原逑邊男要到我家。」

「這樣啊。」

「他說他想要祭拜我哥哥。」

「這樣啊。」

「還有，下一次的甄選會也決定了。這次不是男扮女裝的角色，而是格鬥家。這次的戲是以格鬥遊戲為原作。」

「你要繼續當演員了，恭喜。」

「喂……我很踏實地在生活吧？我很認真地過著自己的人生吧？所以……」

我正面凝視著鹿間的臉。

白皙的臉孔。
嬌小的身體。
沒有修剪的長髮。
這傢伙為什麼會變成這樣？為什麼不從房間裡出來？為什麼不告訴我任何事情？
我繼續說下去：
「所以你也好好生活吧。我不喜歡像這樣老是接受你的幫忙，而你卻從來不離開這間房間。你說『現實就是正確答案』，可是你願意接受這樣的現實嗎？」
「這是我自願的。」
「就算是這樣，也應該到外面走走吧？等到櫻花開了，要不要跟我一起去賞花？」
「……我會考慮看看。」
「我要說的就是這些。那我要走了。你不要睡太多，眼睛會爛掉。」
我正要站起來，鹿間卻難得用急促的語氣叫住我：
「喂，小麥，我想要看你站上舞台的樣子。」
「哦。」
「下次見。」
「下次見。」

我離開別屋。

感受到夏天的氣息。

夏天又要來臨。哥哥死去的夏天，希望這次能夠不做惡夢度過。

就如同文化，時間會自動更新。

我們沒有拖拖拉拉的閒暇。

今天在某個地方上演爭奪戰。

明天在某個地方上演決勝戰。

在這個美好的地獄當中，我能夠前進到什麼地步？

總是走在我前方的哥哥，比我早一步離開了這個世界。他感受到舞台演出至高無上的電流而踏上旅程。我還不打算去那個地方。我有很多事情想做、有很多戲想演。我想要成為那樣的演員。

我看看手錶。為了在哥哥的佛壇供奉他生前喜歡的銅鑼燒，我前往車站前的店。我有很多事要向哥哥報告。關於《貓的首級》、關於舞台、關於將來，順便還有關於朋友的事。

全劇終

國家圖書館出版品預行編目資料

劇場偵探：2.5 次元舞台劇事件簿 / 佐藤友哉作；サマミヤ アカザ插畫；黃涓芳譯. -- 初版. -- 臺北市：臺灣角川, 2019.12

面；　公分. -- (kadokawa light literature)

譯自：俳優探偵：僕と舞台と輝くあいつ

ISBN 978-957-743-461-6(平裝)

861.57　　108018166

輕文學 Light Literature

劇場偵探　2．5次元舞台劇事件簿

原著名＊俳優探偵　僕と舞台と輝くあいつ

作　　者＊佐藤友哉
插　　畫＊サマミヤアカザ
譯　　者＊黃涓芳

2019年12月9日　初版第1刷發行

發 行 人＊岩崎剛人
總 經 理＊楊淑媄
資深總監＊許嘉鴻
總 編 輯＊呂慧君
編　　輯＊薛怡冠
美術設計＊李曼庭
印　　務＊李明修（主任）、張加恩（主任）、張凱棋

台灣角川

發 行 所＊台灣角川股份有限公司
地　　址＊105台北市光復北路11巷44號5樓
電　　話＊（02）2747-2433
傳　　真＊（02）2747-2558
網　　址＊http://www.kadokawa.com.tw
劃撥帳戶＊台灣角川股份有限公司
劃撥帳號＊19487412
法律顧問＊有澤法律事務所
製　　版＊尚騰印刷事業有限公司
I S B N＊978-957-743-461-6